Isabel Spigarelli
Nichts zu danken

– ISABEL SPIGARELLI –

Nichts zu danken

© Editions Saint-Paul, Luxemburg 2016
Covergestaltung: Dan Majerus
Coverfoto: privat
Druck: print solutions s.à r.l.
ISBN: 978-2-87963-987-1
www. editions.lu

Veröffentlicht mit der Unterstützung
des Nationalen Kulturfonds, Luxemburg

Per Nonna Pina e Nonna Betta

Für beste Freunde und Liebende

Ulukku

Die farbigen Handtücher auf seinem Kopf erinnerten an einen Turban. Ein Schnurrbart zierte sein Gesicht. Das weiße Bettlaken, das seine schmalen Schultern bedeckte, sah aus wie ein Gehrock. Er warf einen letzten, prüfenden Blick in den Spiegel.

»Der Anblick dieser Grazie erfüllt mein Herz mit unsagbaren Freuden!«, begrüßte er eine alte Frau.

»Entschuldigen Sie, kennen wir uns?«

Er lächelte verlegen und näherte sich ihrem Bett. Sie hielt krampfhaft an ihrer Decke fest. Er berührte ihre Hand, versuchte ihre geballte Faust zu öffnen. Die Greisin rückte beunruhigt ein Stück zur Seite und zog sich verängstigt die Decke über den Kopf. Er setzte sich nieder, um der Verhüllten näher zu sein.

»Sie brauchen sich nicht vor mir zu fürchten, Prinzessin. Wir werden gemeinsam eine magische Reise erleben. Vertrauen Sie mir!«, sprach er ihr Mut zu.

Keine Antwort. Er hielt die Luft an. Vielleicht erregte das ja ihre Aufmerksamkeit. Doch sie kam nicht aus ihrem Versteck hervor. Im Gegenteil: Bald schon vernahm er ein leises Schluchzen. Das hatte er natürlich nicht beabsichtigt. Niemand ahnte, was er tatsächlich wollte, nicht einmal er selbst. Er erhob sich, verschränkte die Hände hinter seinem Rücken und schritt durch den kahlen Raum. Es war Hochsommer. Der Schweiß perlte ihm auf der Stirn. Die Dame verschanzte sich derweil hinter einer Wand aus Kissen. Ab und an lugte sie vorsichtig zwischen diesen hervor. Er blieb stehen, schaute sie an.

»Prinzessin? Ich verstehe Ihre Bedenken. Sie halten mich für einen dieser Betrüger, der Ihnen heute Sterne verspricht und morgen schon das jungfräuliche Herz bricht. Doch da täuschen Sie sich. Ich bin aus dem fernen Orient angereist, um Sie, die begehrte Prinzessin, kennenzulernen. Ihnen eilt ein sehr guter Ruf voraus. Mir würde nie in den Sinn kommen Ihnen zu schaden. Ich schwöre auf das Haupt meiner geliebten Mutter, dass ich Sie lediglich auf ein kleines Abenteuer einladen möchte. Wenn Ihnen die Reise nicht gefällt, fliege ich Sie umgehend nach Hause. Kommen Sie schon, geben Sie sich einen Ruck! Sie wissen nicht, was Ihnen entgeht. Ich habe erfahren, dass Sie sich seit Jahren nach einem fliegenden Teppich sehnen ...«

»Sag mal, spinnst du? Wer bist du? Was willst du von mir? Ich bin keine Prinzessin. Sehe ich etwa so aus?«, zischte die Dame.

»Prinzessin, Ihr Verhalten ist tadelnswert! Sie können nicht leugnen, dass Sie die schönste und vornehmste Prinzessin sind, die je von der Sonne geküsst wurde! Nun enttäuschen Sie mich nicht!«

Die Greisin warf Kissen und Decke von sich und richtete sich auf. Sie musterte ihn missbilligend. Er stemmte die Hände in die Hüfte und schüttelte empört den Kopf. Dabei lösten sich einige Handtücher und der vermeintliche Turban fiel in sich zusammen. Er versuchte den Zwischenfall mit hastigen Griffen zu beheben. Die Dame winkte ihn zu sich. Sie packte seine Hände, die sich in dem bunten Gewühl aus Stoff zu verfangen drohten.

»Lassen Sie das, ich kann das besser!«, murmelte sie und übernahm das Binden der Kopfbedeckung.

Falten. Überall Falten. Sie richtete ihre azurblauen Augen auf seine Stirn. Er spürte ihren kalten Atem auf seiner Haut. Es roch nach Zahncreme. Auf ihren Lippen sammelte sich Spucke. Ihr Mund war leicht geöffnet. Er konnte ihr Zahnfleisch sehen. Sie trug heute kein Gebiss. Sie sträubte sich manchmal dagegen. Das Muttermal an ihrem Kinn erinnerte an vergessene Tage. Als Kind hatte er es für einen Schokoladenfleck gehalten und versucht es mit seinem Daumen wegzuwischen.

»Fertig! Was war das mit dem fliegenden Teppich?«, erkundigte sie sich.

»Vielen Dank, liebe Prinzessin. Ich bin mir sicher, niemand ...«

»Hören Sie auf mit diesem Geschwätz und erzählen Sie mir mehr von Ihrem Teppich!«, unterbrach sie ihn genervt.

»Wie Sie wünschen. Das sollte eigentlich eine Überraschung werden, doch ich merke schon, dass Sie äußerst ungeduldig und misstrauisch sind. Wer weiß, mit welch törichten Männern Sie schon zu kämpfen hatten. Ich bin überzeugt, dass Sie es denen so richtig gezeigt haben!«

Sie schnippte angespannt mit den Fingern. Erwartungsvoll rutschte sie auf der Matratze von links nach rechts, so als könnte sie es kaum erwarten aufzuspringen und die Welt zu erobern. Mit ihrem Gehstock bewaffnet, wäre ihr das auch mühelos gelungen.

»Nun gut, ich möchte Sie nicht länger hinhalten. Folgen Sie mir, ich führe Sie zu meinem Schmuckstück.« Er reichte ihr die Hand.

Die Greisin hielt sich an dieser fest, stützte sich am Bettenrand ab. Sie versuchte aufzustehen. Ihr Körper verwarf ihr Vorhaben. Sie senkte mutlos den Kopf.

»Mir tun die Beine weh. Ich weiß nicht, ob ich mitfliegen kann«, beklagte sie sich.

Gekonnt schwang er sie auf seinen Rücken. Sie gickelte wie ein Kleinkind und legte ihre Arme um seinen Hals.

»Es darf niemand von unserem Ausflug erfahren, Prinzessin. Bitte, seien Sie still. Ich gebe Bescheid, wenn die Luft rein ist«, flüsterte er.

Er öffnete die Tür einen Spalt weit, streckte zuerst den Kopf heraus, stieß dann mit dem Fuß die Tür auf. Die Dame hielt ihren rechten Zeigefinger vor die schmalen Lippen und grinste vergnügt. Es freute ihn, dass er sie überzeugen konnte. Er hätte sich viel früher daran erinnern müssen, dass sie sich nach einem Teppich-Flug sehnte.

> *Als Kind besaß ich einen fliegenden Teppich. Ach, nicht nur einen! Für mich konnte jeder Teppich fliegen. Meine Fantasie schien unendlich. Doch ich hatte Angst vorm Fliegen, deshalb habe ich Teppiche gemieden. Erst als ich nicht mehr daran glaubte, legte sich meine Angst. Was würde ich dafür geben mich noch einmal zu fürchten!*

»Es geht los! Halten Sie sich fest!«, warnte er sie vor.

Die Prinzessin nickte aufgeregt und drückte sich fest an ihn. Sie huschten den schmalen Flur entlang. Das ungleiche

Paar lief an geschlossenen Türen vorbei, vernahm Gelächter, Sprachfetzen und Stille. Kurz bevor die beiden den Park erreichten, stießen sie mit einer Pflegerin zusammen. Diese schüttelte bei ihrem Anblick wütend den Kopf. Die Prinzessin zog ängstlich am Kragen ihres Begleiters.

»Prinzessin, beruhigen Sie sich, die ist eingeweiht«, versicherte er.

»Ist sie das?«, schnaufte die Pflegerin.

In der Tat hatte sie ihn schon mehrmals darauf hingewiesen, dass Frau Hallenstein Ruhe brauchte. Sie argumentierte, er würde sie mit seinen Auftritten erschrecken und verwirren. Er pfiff auf ihre Meinung. Andere Bewohner des Heims empfingen nie Besuch. Um die stand es weitaus schlechter. Er sah schlichtweg nicht ein, warum er ihr diese Freude nicht bereiten durfte. Niemand zwang sie dazu ihm zu folgen. Früher oder später nahm ihre Neugier einfach Überhand.

»Anchal, du erregst Aufsehen bei den Wachen! Du willst doch nicht etwa, dass Prinzessin Rani zurück in ihr Gemach muss, ohne eine Runde geflogen zu sein!«, konterte er.

Die Pflegerin zuckte mit den Schultern. Sie konnte dieses ignorante, verantwortungslose Verhalten wohl nicht dulden. Genauso wenig schaffte sie es dem charmanten Prinzen zu widerstehen. Sie verdrehte die Augen. Anchal verkniff sich einen bösen Blick.

»Prinzessin Rani, Prinz Ulukku, ich wünsche Ihnen viel Spaß! Ich gebe Ihnen Rückendeckung. Es war mir ein Vergnügen, Sie kennenzulernen, Prinzessin Rani.«

Rani blinzelte zufrieden und bedankte sich bei Anchal. Ulukku schenkte ihr einen Handkuss. Sie schaute ihn vielsagend an. Sie wusste seine Anwesenheit zweifelsfrei zu schätzen. Manche Zimmertüren blieben wochen-, monatelang verschlossen. Viele Angehörige hatten Angst davor. Angst vor allem, was Leben ist.

Im Grunde ist das Leben nirgendwo so gegenwärtig wie hier. Das, was ihr Leben nennt, hat nicht viel damit zu tun. Ihr definiert die Geburt als Sinnbild des Lebens, dabei ist sie dem Tod näher als der Lebensabend. Im Augenblick meiner Geburt wurde mein Tod doch schon beschlossen. Niemand weiß hingegen, was passiert, wenn ich sterbe. Es ziehen Menschen ins Heim ein, doch keiner zieht aus. Verstehst du? Vermutlich liegt das Ende im Anfang. Du hältst mich bestimmt für eine alte Verrückte, die Angst vor ihrer Zukunft hat. Noch nie lagst du mit einer Annahme so falsch.

»Ulukku!«, wiederholte er prustend.

Sie hielten vor einer Buche. Unter ihrem vergilbten Laub schwebte ein verblasster Perserteppich. Er war an vier strammen Seilen befestigt. M hatte die ganze Nacht wach gelegen, um diesen Auftritt vorzubereiten. Umso glücklicher war er, dass bisher alles nach Plan verlief.

Er setzte Rani ab und zog einen üppig gefüllten Picknickkorb hinter dem Baum hervor. Es lag ein süßer Duft in der Luft. Rani spähte vorwitzig in den Korb. Was sie sah, entlockte ihr ein fröhliches »Oha!«. Sie liebte Fladenbrot, Couscous und Datteln! Sie beäugte den Prinzen. Ulukku schenkte ihr eine Tasse Tee ein. Er hielt ihr einen Vortrag darüber, welch einzigartiges Getränk er ihr anbiete.

»Es handelt sich um ein wertvolles Kraut, das man nur in einer verzauberten Wunderhöhle findet. Diese liegt im gefährlichsten Wald des Hinterlandes. Sie wird von einem Drachen bewacht. Man muss ihm Opfer bringen, um in die Höhle eintreten zu dürfen. Allein das, was der Drache nicht kennt, ist ein willkommenes Geschenk. Tritt man mit einem bekannten Objekt an ihn heran, zerfleischt er einen, ohne Vorwarnung.«

So schnell wurden der Supermarkt zur Wunderhöhle und die dort arbeitenden Verkäufer zu bissigen Drachen.

Rani war begeistert und schlürfte das magische Wasser. Sie wandte ihre Augen keine Sekunde von ihrem Prinzen ab.

»Prinzessin Rani, ich möchte Ihnen meinen wertvollsten Schatz anvertrauen. Als ich das letzte Mal in der Höhle war, bin ich auf dieses atemberaubende Stück gestoßen.« Er kramte ein Plastikdiadem unter seinem Gewand hervor. »Wissen Sie, ich bin kein Gauner. Zu jedem anderen Zeitpunkt hätte ich nach der Besitzerin dieses Juwels gesucht.«

Rani strahlte. Sie verschluckte sich vor Aufregung. Prinz Ulukku strich ihr sanft über den knochigen Rücken und reichte ihr ein Stück Brot. Sie verschlang es gierig.

»Doch diese Edelsteine passen so gut zu Ihren bezaubernden Augen! Das Diadem ist wie für sie geschaffen, Prinzessin Rani! Es ist mir eine Ehre, es Ihnen zu schenken. Meine Männer halten mich für verrückt. Jeder weiß, wie kostbar dieser Reifen ist, und alle wundern sie sich, dass ich ausgerechnet Sie damit beglücken will«, sprach er feierlich und krönte sie.

Prinzessin Rani tastete nach dem Schmuckstück und zeigte sich entzückt. Sie umarmte den Prinzen zaghaft. Er griff nach ihrer zierlichen Hand und führte sie an den Teppich heran. Sie weigerte sich zunächst, Platz zu nehmen, schüttelte den Kopf und gab ihm zu verstehen, dass sie Angst vor dem Absturz habe.

»Dieser Teppich birgt stets die Seele seines Besitzers. Wir kommunizieren miteinander, ohne Worte. Ich erkläre ihm die Route, und er verrät mir, ob er genug Flugkraft dafür aufbringen kann. Ich habe auf diesem Teppich die ungnädigsten Krieger besiegt und die schönsten Frauen geküsst«, versuchte er sie zu beruhigen.

»Und Sie sind sicher, dass wir nicht abstürzen?«, fürchtete sie sich.

»Prinzessin Rani, ich bitte Sie! Der Teppich würde eine Dame wie Sie niemals abwerfen! Worauf warten Sie? Auf, auf!«

Sie kletterte mit seiner Hilfe auf die Matte und legte sich entspannt auf den Rücken. Prinz Ulukku verköstigte sie mit Datteln und Couscous. Sie schlug keins seiner Angebote aus. Rani lachte, lachte, lachte, bis sie nach Luft ringen musste. Er tanzte um den Baum und sang ein orientalisches Lied, das er in einer Bar aufgeschnappt hatte. Der Liedtext ergab in seiner Fassung wenig Sinn, doch Rani fiel das nicht auf.

»Ich will das Meer, die Paläste und die Wüste sehen!«, rief sie.

Sie kniff ihre Augen zusammen. Bestimmt schaute sie nun auf das weite Meer herab und bewunderte prunkvolle Paläste, während sie sich gänzlich in einer endlosen Wüstenlandschaft verlor. Der Wind wehte durch ihr langes Haar. Rani breitete die Arme aus.

Du musst die Augen schließen, um mehr zu sehen. Du musst für einen Augenblick blind sein, um dich und die Welt zu erfahren.

Er warf sich auf den kalten Boden und genoss ihr Wohlbefinden. Er wäre gerne mitgeflogen, doch er fürchtete sich nicht mehr, vor nichts.

»Ich bin es satt zu fliegen«, entgegnete er auf die Frage, warum er nicht neben ihr sitze.

»Erzählen Sie von sich«, brach Prinzessin Rani das Schweigen.

Der Prinz drehte sich vom Bauch auf den Rücken und schaute sie nachdenklich an. Er wollte M's Geschichte erzählen, doch hielt er inne, bevor dessen Name seine Lippen streifte.

»Ich war ein tüchtiger Herrscher. Ich habe meinem Volk nur Gutes getan. Leider haben irgendwelche Dummschwätzer sich einen Spaß daraus gemacht, mein Leben zu ruinieren. Es wurden mir ganz grausame Taten nachgesagt. Manche behaupteten, ich würde einen verheerenden Krieg anzetteln, andere wollten mir einen Mord anhängen! Ich habe mich gegen die Vorwürfe gewehrt – erfolglos. Du brauchst gar nicht erst in den Kampf zu ziehen, wenn dein Gegner die Masse ist! Mein Ruf war befleckt, und ich wurde von niemandem ernst genommen. Die Bürger haben mich aus meinem Königreich verbannt und mir alles genommen, alles! Ich stand meinen Untertanen sehr nahe und habe wenig Autorität ausgestrahlt, wissen Sie. Sie hatten keine Skrupel, mich an den Haaren aus meinem Palast zu zerren. Zehn starke Männer und Frauen haben nachts mein Schlafgemach gestürmt. Meine Wachen haben sie nicht davon abgehalten. Sie haben die Angreifer sogar dabei unterstützt. Die haben mich an den Füßen aus dem Bett gezogen. Ich wurde vorgeführt, wie eine Bestie ... Sie ließen erst von mir ab, als ich keine Tränen mehr für mein Leid übrig hatte. Ich blieb in einer dunklen Ecke fernab der Stadt zurück«, berichtete er.

Sie hörte ihm gespannt zu. Mit einer Handbewegung forderte sie ihn auf die Geschichte weiterzuerzählen.

»Prinz Ulukku wurde zu einem unbedeutenden Mann, dem niemand Beachtung schenkte. Der Herrscher wurde zum Bettler! Es fiel mir schwer Passanten um Geld zu bitten, doch es blieb mir keine andere Wahl. Ich habe nie gestohlen, glauben Sie mir, dafür bin ich viel zu stolz. Ich bin ein Prinz! Lieber verhungere ich, als anderen ihr Eigentum zu rauben. Ich möchte nicht besitzen, was ich nicht verdient habe.« Er seufzte. »Eines Tages kreuzte eine wunderschöne, edle Dame meinen Weg. Sie trug ein goldenes Gewand. Ja, es war aus Gold! Ich traute meinen Augen nicht. Ich musste zweimal, dreimal hinschauen! Sie kam großen Schrittes auf mich zu. Meine Aufregung wuchs ins Unermessliche. Was wollte sie von mir? Ich kniete auf dreckigem Boden und trug nur noch die Fetzen meines alten Anzuges. Sie beobachtete mich lange. Ich konnte meinen Blick nicht von ihr abwenden.«

»War die Dame etwa eine Zauberin?«, fragte Rani.

Er unterdrückte ein ironisches Lachen. Und ob sie eine Zauberin war! Sie war eine Magierin, die in einer verlassenen Spelunke in Las Vegas nach Beifall eines nicht anwesenden Publikums verlangte. Doch das war eine andere, viel zu komplizierte Geschichte.

»Nennen Sie diesen Engel eine Zauberin! Ihre Güte erfüllte mein Herz mit Mut. Ihr Lächeln traf mich mitten ins Herz. Meine Seele ließ augenblicklich die Hüllen fallen. Mir ist noch nie ein derartiger Mensch begegnet. Sie ist wundervoll. Ach, vergessen Sie dieses Wort! Kein Ausdruck, der je sterbliche Münder verlassen hat, wird ihrer Schönheit gerecht!« Seine Stimme bebte, als er über die Dame im goldenen Gewand sprach.

Er merkte, dass er sich in einer Geschichte verlor, die er nicht erzählen wollte. Prinzessin Rani verdrehte die Augen und meckerte, sie habe noch nie viel für Romantik übriggehabt. Es sei doch nur eine Frage der Zeit, bis die Seifenblasen platzten und die Liebe an einer unsagbaren Enttäuschung zerschellen würde. Ulukku stimmte ihr zu, beteuerte dennoch, dass allein der Gedanke an diese Frau ihn verzaubere. Er war nicht er selbst, wenn er an sie dachte, geschweige denn, wenn er ihren Namen aussprach.

»Sie sollten sich vor der Magie in Acht nehmen. Zauberei ist trügerisch. Das muss sie ja auch! Doch nun verraten Sie mir, wie diese Begegnung endete!«, wandte sich die Greisin von dem Gespräch über die Liebe ab.

»Die Fetzen wurden zu Gold! Gold, Gold! Können Sie sich das vorstellen? Eine einzige ihrer Berührungen genügte, um mich reinzuwaschen. Sie zog schweigend davon. Ich konnte mich nicht bei ihr bedanken.« Er richtete sich auf.

»Haben Sie den Teppich von ihr?«, erkundigte sich Rani.

»Nein, Prinzessin. Der Teppich gehörte einem ehemals machtvollen König. Er ließ ihn vor Jahren für seine ungeborene Tochter weben. Der König reiste in ferne Länder. Er wollte jeden einzelnen Faden selbst auswählen, und zwar nur die wertvollsten. Eine Legende besagt, dass aufrichtige Liebe den Stoff beflügelt. Doch auch nur, wenn sie sich in jeder Faser befindet. Die Liebe des Königs wurde auf seinen Reisen mehrmals auf die Probe gestellt, denn leicht erlangte er die gewünschten Fäden nicht. Er war schließlich nicht der Einzige, der sich nach einem fliegenden Teppich sehnte, und so musste er seine Gefühle für das ungeborene Kind immer wieder beweisen, indem er alle anderen mit Mut und Willenskraft besiegte. Als er nach acht Monaten in den Palast zurückkehrte, erfuhr er, dass seine schwangere Gemahlin plötzlich verstorben war, und mit ihr das Kind. So stand er mit dem Teppich unter dem Arm vor den Scherben seines Glücks. Fortan schwieg der König. Er weinte nicht, er war verstummt, wie ein Toter. Eines Tages verschwand er spurlos. Niemand hat ihn je wiedergesehen, außer mir. Er begegnete mir an jenem Tag, an dem ich mich unsterblich in die Zauberin verliebte. Der Teppich landete damals sanft vor meinen Füßen. Der König stieg bedacht ab und verneigte sich vor mir. Wir wechselten kein Wort. Er bat mich lediglich aufzusteigen. Ich verfiel augenblicklich in einen tiefen Schlaf. Als ich aus diesem erwachte, befand ich mich in einem Wolkenmeer, alleine.«

Rani zuckte verunsichert mit den Mundwinkeln. Es verstrichen Minuten des Schweigens. Die Prinzessin lehnte eine weitere Tasse Tee verwirrt ab. Sie schaute Ulukku geistesabwesend an, als wüsste sie nicht, wohin mit ihrem Leben. Der Teppich schaukelte ihren Körper vor und zurück. Der Prinz stupste sie leicht an der Schulter, doch sie reagierte nicht.

»Wo ist Lu...«, versuchte sie zu fragen.

»Prinzessin Rani? Ich fliege Sie jetzt zurück in den Palast«, unterbrach er sie.

Sie starrte geradeaus, still. Er nahm sie auf den Arm und brachte sie auf ihr Zimmer. Der fliegende Teppich blieb hängen, während sie in seiner Umarmung einschlief.

Als sie aufwachte, lächelte sie Ulukku schweigend an. Er küsste ihr faltiges Gesicht und streichelte über ihr ergrautes Haar. Ihr Lächeln war mit jedem anderen austauschbar. Doch sie war immer noch die schönste Prinzessin, die er je gesehen hatte. Vielleicht war sie sogar die einzige, die diesem Titel gerecht wurde.

»Wer sind Sie?«, richtete sie das Wort an ihren Bewunderer.

Er schwieg. Das Stoffbündel wog schwer auf seinem Kopf. Er küsste sie ein letztes Mal. M setzte seine Kopfbedeckung vor der Tür ab, wischte sich den Schnurrbart aus dem Gesicht und verließ das Gebäude. Er sammelte sein Zeug ein und lief nach Hause.

Tassenlos

Ein junger, schwarzhaariger Mann baute sich vor M auf. Er trug ein enges Lederjackett, das seine Figur unvorteilhaft betonte. Das Jackett war nicht aus echtem Leder. Das konnte er sich nicht leisten. Er liebte dieses Kleidungsstück mehr als alles andere. Es passte zu seinen abgenutzten Schuhen, zu seinem Pferdeschwanz und zu all seinen Oberteilen. Er besaß insgesamt zwei weiße T-Shirts. M lief wortlos an ihm vorbei, woraufhin er ihn verfolgte.

»Hey ... Hallo? Sag mal, bist du taub?«, hallte es durch die leeren Straßen.

Niemand blieb stehen oder drehte sich um.

»Polizei! Halt!« Die Stimme wurde lauter.

Niemand blieb stehen oder drehte sich um.

»Du bist die Liebe meines Lebens! Dreh dich doch bitte um! Ich gebe dir auch einen Kuss, du süße Maus«, rief die Stimme ihm zu.

Niemand blieb stehen oder drehte sich um.

»Freundchen, wenn du jetzt nicht stehen bleibst, gibt es eins auf die Mütze!«, wurde M bedroht.

Der Schwarzhaarige packte ihn an den Schultern und umklammerte seinen Hals mit beiden Händen. Er drückte leicht zu und rümpfte dabei die Nase.

»Hau ab!«, zischte M und befreite sich aus dem Griff seines Verfolgers.

»Was ist dein Problem?«, sprach das Lederjackett zu ihm.

M schüttelte die dunkelblonden Locken. Er schob sich eine Zigarette zwischen die Lippen und fragte nuschelnd nach Feuer.

»Du weißt doch, dass ich mit dem Rauchen aufhören will«, merkte sein Gegenüber gereizt an.

»Als ob du das durchziehen würdest!«, entgegnete M.

Die beiden Männer liefen an etlichen Reihenhäusern vorbei. Sie überquerten eine Brücke, spuckten gleichzeitig auf den Asphalt und kratzten sich anschließend am bärtigen Kinn. M warf seinem Begleiter Blicke zu, die dieser erwiderte, um sie dann unkommentiert aus den Augen zu verlieren. Sie erreichten eine verschmutzte Bushaltestelle. Beide warfen ihre qualmenden Zigaretten zu Boden und zertraten die Stummel mit dem Schuhabsatz. Natürlich hatte er noch nicht mit dem Rauchen aufgehört und ließ sich recht schnell davon überzeugen, dass eine Kippe am Nachmittag die beste Medizin sei.

»Und, bist du glücklich?«, murmelte M.

Sein Freund entfernte sich einige Schritte von ihm. Der Mann im Lederjackett war tatsächlich sein Freund. Er hieß Ekki. Vielleicht hieß er auch anders. M hatte es nicht so mit Namen.

»Ja, das bin ich. Es wird Zeit, dass sich was ändert. Ich habe zum ersten Mal in meinem Leben das Gefühl, die richtige Entscheidung getroffen zu haben«, antwortete er.

»Schön für dich«, gab M trotzig kund.

Ekki warf den Kopf in den Nacken und suchte im Himmel nach Antworten. Er lachte laut auf und hielt sich dabei die Hände vors Gesicht.

»Was ist? Warum lachst du so blöd? Macht es Spaß, ein Leben zu ruinieren?«, herrschte M ihn an.

»Ich glaube, du hast nicht mehr alle Tassen im Schrank! Wir haben jahrelang nur Unfug getrieben und nichts auf die Reihe gekriegt. Und das alles nur, weil du mir erzählt hast, dass du nicht nach Hause kommen kannst. Du hast mir nicht mal einen Grund genannt. Ich habe auch nicht danach gefragt. Warum auch? Du bist mein Freund, und ich wollte dich unterstützen, immer. In meinem Leben hat sich bisher alles nur um dich gedreht. Ich habe mich nie darüber beklagt. Doch meinst du nicht, dass ich irgendwann auch an mich denken sollte? Warum ist das alles so kompliziert? Wieso kannst du dich nicht einfach für mich freuen und bei deiner Familie wohnen?«

Zwei Senioren trotteten mit ihren Gehilfen an ihnen vorbei. Sie musterten die Freunde neugierig. Die dicken Brillengläser klebten auf ihren triefenden Augen. Die Gestelle ihrer Brillen waren vergilbt, ebenso die wenigen Zähne, die ihnen geblieben waren. Einer von ihnen zupfte seine Hosenträger zurecht und drehte sich dabei langsam zu M. Dieser verstummte und lächelte den alten Herrn freundlich an.

»Seien Sie nicht so egoistisch! Sie sind lange genug mit sich allein, wenn Sie tot sind«, warf der Alte mit zitternder Stimme in die Runde.

Ekki verschränkte die Arme vor der Brust und schaute schmunzelnd zu M. Der Alte schüttelte den Kopf und fuhr fort: »Sie dürfen nicht so verbissen sein und immer nur ihr eigenes Glück vor Augen haben! Was nützt Ihnen alles Glück der Welt, wenn um Sie herum alle heulen? Sie saufen ab, wenn Sie sich an niemanden festhalten können.«

M wandte den Blick von seinem Freund ab und schwieg, wie ein Schuljunge, der bei einem Streich ertappt wurde. Diese Situation war rückblickend betrachtet wirklich merkwürdig. Da kam einfach ein Greis um die Ecke und wollte sie belehren! Er setzte seinen Weg fort, noch bevor Ekki oder M etwas hätten erwidern können.

»Wir müssen uns beeilen, sonst kommen wir zu spät zum Bingo. Warum musst du auch immer wieder Fremde anquatschen?«, meckerte sein Begleiter ihn an.

Die Antwort des Alten wurde von einem vorbeifahrenden Lastwagen verschluckt.

M schaute den Senioren hinterher und fragte sich, wie viele Geburtstagsfeiern ihm noch bevorstanden.

»Der Mann hat recht, meinst du nicht?«, unterbrach Ekki seine Gedanken.

»Ja, natürlich. Es ist erstaunlich, wie schnell er dich durchschaut hat, du Egoist!«, erinnerte M an seine Enttäuschung.

Ekki atmete lustlos auf und setzte sich auf die kalte Metallbank, die sich hinter ihm befand. Er faltete die Hände über seinem glänzenden Haar zusammen und beobachtete seinen Freund, der sein Gepäck absetzte und neben ihm auf einem zusammengerollten Teppich Platz nahm.

»Wo warst du eigentlich? Du schleppst ganz schön viel Kram mit dir rum!«, versuchte er sich an einem Themenwechsel.

»Das geht dich gar nichts an!«, lautete die Antwort.

M kaute angespannt auf seiner Unterlippe rum. Er konnte sich nicht vorstellen, wie sie auf seine Rückkehr reagieren würden. Sie ahnten nicht, dass sie sich all die Jahre so nah gewesen waren, zumindest räumlich. Das war ja auch sein Plan. Eigentlich wollte er erst dann auftauchen, wenn er sein Versprechen einlösen konnte.

»Du weißt, wo du mich findest. Mach's gut«, verabschiedete Ekki sich derweilen von ihm.

M ließ ihn laufen – bis zur nächsten Straßenlaterne, die wenige Meter von der Haltestelle entfernt war.

»Ekki?«

Der Freund drehte sich um. Seine Augen waren feucht, das erkannte man aus der Ferne. Er wischte sich die Tränen aus dem Gesicht und vergrub die Hände in den Hosentaschen. Ekki senkte den Kopf. Er wartete auf Worte. Dieser Mann war ein treuer Freund. Er war nie von M's Seite gewichen, nie. Seine Ehefrau hatte ihn deswegen sogar verlassen. Sie war es leid, dass der Vater ihrer Kinder ständig irgendwelche hirnrissigen Projekte initiierte, um an viel Geld zu kommen, anstatt zu arbeiten. Sie konnte kein Verständnis für die Freundschaft zu M aufbringen, die in Kindesjahren mit Blut besiegelt worden war. Immer wieder schob ihr Mann seinen besten Freund vor, der stets die höchste Priorität darstellte. Grundlos, wie sie fand. Ekki nannte ihre Attitüde egoistisch und kaltherzig, was wiederholt zum Streit und letzten Endes zur Trennung führte. M konnte die Entscheidung seines Freundes nicht nachvollziehen, doch er hatte ihm auch nicht davon abgeraten. Zu der Zeit hatte er seine Anrufe des Öfteren weggedrückt, weil er damit beschäftigt war Ekkis Ehefrau davon zu überzeugen, dass er der bessere Liebhaber sei. Ekki verzieh ihm das.[1]

---

[1] Ich nicht.

»Feuer?« M deutete mit dem Finger auf die Zigarette hinter seinem Ohr.

Ekki warf mit seinem Feuerzeug nach ihm und traf ihn an der Stirn. Er kehrte ihm den Rücken. M fiel auf, dass er ihn noch nie von hinten gesehen hatte.

100 Lebensgeschichten

»Willkommen zuhause!«, flüsterte M.

Die Häuser waren ihm fremd. Es roch nicht mehr nach Schokolade. Es lebten andere Menschen hinter den Fassaden, deren Farbe er früher den passenden Familiennamen zuordnen konnte. Die Kinderfahrräder waren protzigen Autos gewichen. Sogar die Vögel zwitscherten unbekannte Laute. Nur die vergoldete Türklingel der Nummer 12 war ihm vertraut. Er zögerte, bevor er auf den kleinen Knopf unter seinem Finger drückte. Er hielt seine Rückkehr einen Bruchteil von Sekunden für einen Segen und wollte gehen. Die Gewissheit, dass er sich zweifelsohne irrte, bewog ihn zum Bleiben.

»Du?«, empfing ihn eine Frau.

Er stand seiner Schwägerin gegenüber. Er suchte nach einer passenden Begrüßung, doch es fiel ihm nichts ein. Sie hielt ihm zögernd die blasse Hand hin. M schaute sie verständnislos an, schüttelte verwirrt den Kopf und wand diesen beschämt von ihr ab. Sie blieb eine Weile mit offener Hand stehen. Er versuchte sie anzusehen, was ihm gelang. Augen und Stimme fanden jedoch nicht zueinander.

»Du ...«, stotterte er unbeholfen.

»Ist alles in Ordnung?«, fragte sie nach und zog die Hand zurück.

Er atmete schwer, fuhr sich durchs volle Haar und blickte immer wieder vorsichtig zu ihr auf. Sie war wunderschön, wie immer. Das war es nicht, was ihm die Sprache verschlug. Es grenzte an ein Wunder, dass sie ihm die Tür geöffnet hatte.

»Ich will zu meinem Bruder. Ist er da?«, riss er sich schließlich zusammen.

Sie trat über die Türschwelle und rückte mit dem Fuß einen Blumentopf zurecht.

»Nein, er ist noch bei der Arbeit. Er müsste aber bald hier sein. Willst du drinnen auf ihn warten?«, bot sie ihm an.

»Hm...« Er schaute zu den Blumen. »Die sind sehr schön.«

Sie folgte seinem Blick und nickte. M trat verunsichert auf der Stelle. Sie hatte längst vergessen, was er ihr versprochen hatte, das spürte er. Böse war er ihr nicht. Es wunderte ihn nur immer wieder aufs Neue, wie subjektiv Gefühle sind. Er wusste, dass diese Erkenntnis alles andere als revolutionär war. Doch manchmal verblüfften ihn ausgerechnet die Tatsachen, die kaum jemand in Frage stellte.

»Wie lange braucht er denn vom Büro nach Hause?«, hakte er ungeduldig nach.

Zwei Jungs riefen nach ihrer Mutter, die sie vor der Haustür fanden. Sie wollten zum Kiosk in der Innenstadt radeln und Schokolade kaufen. Ihre Mutter verzog die Mundwinkel und meinte, es gebe bald Abendessen. Die Jungs schmollten, bis sie den unbekannten Mann wahrnahmen. Sie stürmten zurück ins Haus, und bald vernahm M ein kindliches Lachen.

»Bleibst du zum Essen? Oskar ist bestimmt bald da. Er macht zurzeit viele Überstunden. Es ist nicht immer absehbar, wann er Feierabend hat.«

Sie sah M's Gepäck und runzelte die Stirn.

»Willst du etwa bei uns einziehen?«

»Wie kommst du denn darauf?«

Sie zeigte mit dem Kopf auf den Teppich.

»Oh, nein, natürlich nicht. Es ist wohl das Beste, wenn ich gleich wieder abhaue«, brachte er mit zittriger Stimme hervor.

»Entschuldigung, aber herzlicher kann ich dich nach all den Jahren Funkstille wirklich nicht empfangen. Du weißt schon, dass deine Großmutter im Pflegeheim ist?«, wollte sie wissen.

M starrte auf die Treppenstufen aus Sandstein. Er entdeckte kleine, funkelnde Pünktchen und wunderte sich über ihre Natur. Diamanten? Nein, das konnte nicht sein. Mit Edelsteinen kannte er sich überhaupt nicht aus.

»Ich habe grad keinen Nerv für so einen Kinderkram. Entweder du sprichst, oder du gehst«, fuhr sie ihn an.

Er verzog keine Miene. Es war ihm bewusst, dass er antworten musste. Das war alles Ekkis Schuld.

»Ja, natürlich weiß ich das«, druckste er.

»Sie hat ständig nach dir gefragt, als es ihr noch gut ging. Es hat sie verletzt nicht zu wissen, wo du steckst und was aus dir geworden ist. Dein Bruder hat sich hundert Lebensgeschichten für dich ausgedacht, doch du weißt, dass er nicht lügen kann.«[2]

Vielleicht waren ihre Anschuldigungen berechtigt. Es wunderte ihn nur, dass er die beiden noch nie im Pflege-

---

2 Als ob seine Fantasie dafür ausreichen würde! Der hat doch ein Brett vorm Kopf ... ein dickes. Mit Nägeln drin.

heim angetroffen hatte.

»Lilli, es war mir eine Freude dich wiederzusehen. Du bist wunderschön, wie eh und je«, versuchte er sich zu verabschieden.

Er hörte, dass ein Auto vor dem Haus zum Stehen kam. Das Motorengeräusch verstummte. M wagte es nicht sich umzudrehen. Er versäumte zu vergessen.

Protest

»Na sieh mal einer an! Dich kenne ich doch ...«, rief ihm sein Bruder zu, während er die Treppen hochstieg.

M drehte sich verängstigt um. Os war der letzte Mann auf Erden, dem er empfohlen hätte sich einen Vollbart wachsen zu lassen. Er sah ungepflegt aus. Sein Bruder klopfte ihm schnaufend auf die Schulter. Dabei wischte er sich den Schweiß von der Stirn. Der Anblick seiner weißen Zähne rief die Erinnerungen an M's versäumte Zahnarzttermine wach. Os fiel seiner Frau um den Hals, hob sie kurz hoch, um sie lachend abzusetzen. Was für ein idyllisches Familienleben!

»Was verschafft mir die Ehre? Geldsorgen? Gesundheitsprobleme? Ein uneheliches Kind? Wirst du von der Polizei verfolgt?«, scherzte er anschließend.

Sie standen ihm Arm in Arm gegenüber. M konnte keine Gedanken lesen, dennoch war ihm bewusst, dass sie ihn für seine simple Anwesenheit verfluchten. Da konnten sie ihn noch so aufgesetzt anlächeln und ihm die Hand reichen. Er war alles, aber nicht naiv. Umso merkwürdiger erschien ihm, dass sie ihn ohne viele Worte in ihr Wohnzimmer einluden. M versank in den weichen Sofakissen.

»Geldsorgen. Ich bin seit zwei Wochen obdachlos«, verriet er kurze Zeit später.

Os drückte ihm ein Glas Whiskey in die Hand. Lilli setze sich zu ihm und musterte ihn misstrauisch. Sie suchte mehrmals den gutmütigen, beruhigenden Blick ihres Gatten.

Dieser gab zu, dass M's Besuch ihn überraschte. Er gestand ebenfalls, dass ihn dieses Wiedersehen nicht besonders erfreute. Er hielt M vor, seinen Pflichten nicht nachgekommen zu sein und ihn unglaublich enttäuscht zu haben.

»Ich bin nicht gekommen, damit ihr mich beschuldigt. Deine Frau hat bereits versucht mir ein schlechtes Gewissen einzureden. Wir haben uns jahrelang nicht gesehen, und das Einzige, was euch einfällt, ist, dass ich ein schlechter Mensch bin. Hurra, eure Erkenntnis öffnet mir die Augen und verändert mein Leben!«, wehrte M sich.

»Richtig! Wir müssen die Gelegenheit nutzen, um dir die Meinung zu geigen! Wer weiß, wann du dich das nächste Mal blicken lässt. Findest du unsere Reaktion so verkehrt?«, konterte Lilli.

M leerte sein Glas mit einem Schluck. Er setzte es auf dem farbigen Flokati-Teppich ab und versuchte sich aufzurichten. Er versicherte dem Ehepaar, er habe nicht beabsichtigt sie zu verärgern, geschweige denn Unruhe im Paradies zu stiften. M gab vor, er würde in einem Obdachlosenheim unterkommen. Den Anwesenden war natürlich klar, dass er das niemals zulassen würde. Dafür war er viel zu stolz.

»Willst du uns gleich beim Kochen helfen? Wir wollen Gemüselasagne essen. Das magst du doch, oder?«, brachte sein Bruder sich ins Gespräch ein.

Die Aussage, man sei obdachlos, mit Gemüselasagne zu beantworten war originell, um nicht zu sagen ziemlich schräg. Die höfliche Einladung passte nicht zu der barschen Begrüßung und zu den vielen Vorwürfen. Es schien so, als könnten die beiden sich nicht entscheiden: Mimten sie die Moralapostel oder die freundlichen Gastgeber? M war so perplex, dass er das Angebot annahm. Gegen geschmolzenen Käse war nichts einzuwenden.

»Du riechst etwas streng, Junge ...«, bemerkte sein Bruder.

Er rümpfte die Nase und befahl ihn ins Badezimmer. Wenig später hing dort an der Heizung ein weiches, sauberes Handtuch für den Gast. Neben der Tür erwarteten ihn weiße Hausschuhe, eine alte Jogginghose und ein verwaschenes T-Shirt. Os verließ den Raum, nachdem er M gezeigt hatte, welches Duschgel er benutzen durfte und wo er Deodorant finden konnte.

Die Wassertropfen perlten von seinem nackten Körper ab. Er verfolgte ihren Weg hinab in den Abfluss, der über seine Zehenspitzen führte. Er stand lange Zeit unter dem Wasserstrahl, ohne sich zu regen. Als er zur Seife griff, schmeckte das Wasser, das seine Lippen befeuchtete, salzig. Er dachte an Ekki und fragte sich, ob er die Wahrheit gesagt hatte, als er ihm vorhin von seinem Glück erzählt hatte. Er konnte nicht glauben, dass er das ernst meinte. Es gefiel ihm nicht, dass sein Freund sich diesem Irrtum hingab.

»Ist alles in Ordnung?«, drang die Stimme seines Bruders in den Raum.

M erschrak und drehte sogleich das Wasser ab. Er stolperte hastig aus der italienischen Dusche und griff nach dem Handtuch. Er stieß sich dabei den Kopf an einem Regal aus verschnörkeltem Metall. Sein Bruder trat ein. M fuhr ein weiteres Mal zusammen und fiel über den Rand des Badezimmerteppichs.

»Hast du irgendwas intus?«, fragte ihn Os, während er ihn stützte.

»Nein, ich bin nur etwas müde«, murmelte M.

»Hier, zieh dir das über.« Er reichte ihm die Klamotten. »Du hast uns hundert Gründe gegeben dich zu hassen, aber im Endeffekt bist und bleibst du mein kleiner Bruder ...«

M unterbrach die kitschige Rede seines Bruders, indem er sich voreilig für die netten Worte bedankte und sich in die Küche begab. Os bewarf ihn mit einer Zahnpasta-Tube. M ignorierte seinen Versuch, an alte Gewohnheiten anzuknüpfen.

Die Kleinen waren schüchtern, als sie dem Fremden am Küchentisch gegenübersaßen. Sie alberten nicht rum, bemühten sich, gerade zu sitzen, und wagten es nicht einmal, nach einem Glas Limonade zu verlangen. M fühlte sich unwohl. Er wusste, dass der freie Stuhl am Esstisch nicht für ihn bestimmt war. Selbst als Os und Lilli den Kindern erzählten, wer der Unbekannte sei, wechselten Letztere kein Wort mit ihm. Sie entschieden sich sogar freiwillig dafür, früher als gewohnt schlafen zu gehen. Ihre Mutter war über diese Entscheidung sichtlich erfreut und begleitete sie ins erste Stockwerk. M blieb mit seinem Bruder und einem kleinen Stück Lasagne zurück. Os' Fragen blieben unbeantwortet. Nach dem Essen zeigte er ihm seinen Schlafplatz und verabschiedete sich mit seiner Frau in das eheliche Schlafzimmer.

M streifte allein durchs Haus. Er vermied es durch die Fenster zu schauen. Er fürchtete sich davor, jemanden in der Dunkelheit zu erkennen. Viel lieber betrachtete er die Kunst, die hier und da an den Wänden hing. Die beiden hatten sich um eine schöne Einrichtung bemüht. Sein Bruder besaß eine renommierte Galerie und kannte zahlreiche Künstler persönlich. M bewunderte seine Kunstaffinität und seinen Erfolg bei Frauen. Er blieb vor Os' Hochzeitsfoto stehen. Lillis Augen leuchteten heller als die der anderen. Sie trug *ihr* Hochzeitskleid und sah umwerfend darin aus. Es verstörte ihn, dass sie Os im Kleid seiner Großmutter ewige Treue geschworen hatte. Die alte Dame liebte Lilli über alles, wie jeder, der ihr je begegnet war. Großmutter verglich sie oft mit ihrer verunglückten Tochter. M konnte sich nicht an seine Mutter erinnern. An Lilli schon.

Nach seinem Rundgang legte er sich auf ein dunkles Ledersofa, klemmte sich ein Kissen in Kuhfell-Optik unter den Kopf und schlief recht bald ein.

»Lilli ...?«, wunderte er sich wenige Stunden später über die Anwesenheit seiner Schwägerin.

Sie berührte ihn leicht an der Schulter und beugte sich vorsichtig über ihn. Er spürte ihren kalten Atem auf seiner Haut und konnte sich nicht entsinnen, wann er ihren vollen Lippen zum letzten Mal so nah gewesen war. Er schaute verlegen zu ihr auf und zupfte sein Haar zurecht.

»Oskar rastet aus, wenn er dich hier sieht. Er hat dir doch vorhin gesagt, dass du im Gästezimmer schlafen sollst, oder etwa nicht?«, flüsterte sie.

M rieb sich die müden Augen und gab vor, sein Bruder habe ihm nichts von einem Gästezimmer erzählt. Seine Wangen erröteten leicht, als sie ungläubig schmunzelte. Sie deutete mit einer Kopfbewegung an, dass er ihr in das besagte Zimmer folgen solle.

»Nee, ich finde es auf der Couch durchaus bequem. Außerdem bin ich kein Hund, den man von A nach B schleppt, wie es einem passt«, wehrte er sich.

»Warum willst du denn nicht oben schlafen?«, fragte sie leise.

Ihre Stimme knisterte in der Dunkelheit, erfüllte sie mit einem Licht, das M blendete, seit Jahren. Er setzte sich auf, sie trat einen Schritt zurück. Auf ihrer Brust waren zwei Teddybären abgebildet. Auf der dazugehörenden Hose herrschte eine regelrechte Teddybären-Invasion! Sie bemerkte, dass M ihren Schlafanzug spöttisch begutachtete, und schnalzte genervt mit der Zunge.

»Entschuldigung, die Bärchen haben mich abgelenkt. Os steht auf so was?«, prustete er.

Sie verdrehte die Augen. Er hatte ihre Grübchen vermisst. Sie ihn offenbar nicht.

»Erspar uns beiden den Ärger mit Oskar. Ich leg mich gleich wieder hin. Morgen wird ein langer Tag. Ich nehme an, du kennst den Weg?«, bat sie ihn ein letztes Mal.

»Warum darf ich denn nicht hier schlafen?«, wollte M wissen.

Lilli zuckte mit den Schultern. Os hatte das Sofa von einem wohlhabenden, langjährigen Kunden geerbt. Er hing sehr an dem Teil, was seine Frau nicht nachvollziehen konnte. Fragte sie nach, warum selbst sie nicht darauf Platz nehmen durfte, erzählte er nur, dass er Angst habe, sie könne dem Möbelstück die Magie entziehen.

»Mittlerweile dürfen die Kinder und ich drauf sitzen, wohlgemerkt nicht liegen. Er will mir einfach nicht verraten, warum er dieses Ding so verehrt! Ich habe irgendwann aufgehört mich darüber aufzuregen. Das Sofa sieht schick aus und passt in den Raum – alles andere ist mir inzwischen egal.«

M kannte die Geschichte zu der Ledercouch. Os hatte sie ihm anvertraut. Er hatte M gebeten, niemandem davon zu erzählen. Allein die Tatsache, dass der Verstorbene so auf Tradition bedacht gewesen war und sich tatsächlich ein Sofa im Behandlungsraum befunden hatte, genügte M, um seine Missbilligung für alle Seelenklempner zu rechtfertigen. Er setzte seine Nachtruhe aus Protest auf der Couch fort, als er Lilli außer Sicht- und Hörweite wusste.

Gelegentliches
Arschloch

Widerwillig schlug M die Augen kurz auf. Er vernahm Geräusche im Flur, denen er vorerst keine Bedeutung zuschrieb. Dennoch hielten sie ihn vom Schlafen ab. Das verärgerte ihn sehr. Ungefragt geweckt zu werden stand ganz oben auf seiner Hass-Liste. Er hielt sich die Ohren zu und kniff die Augen fest zusammen. Doch bald zerrte ihn jemand an den Beinen von der Couch.

»Was soll das?«, beschwerte er sich.

Os schaute missmutig auf ihn herab. Er schnaufte, die Hände zu Fäusten geballt. M stützte sich auf den Ellenbogen ab und senkte den Kopf. Sein Unterbewusstsein erinnerte ihn an das gebrochene Gebot: Schlafe nie auf deines Bruders Couch!

»In meinem Haus gelten meine Regeln! Du schläfst gefälligst im Gästezimmer, wenn ich dir das sage! Denk ja nicht, dass du dir alles erlauben kannst, du kleiner Schmarotzer!«, wetterte Os.

»Ich dachte schon, ich kriege dein wahres Gesicht gar nicht mehr zu sehen«, entgegnete M spöttisch.

Seine Stimme bebte. Ja, er trieb es zu weit. Er wollte Os eigentlich nicht verletzen und wusste, dass er gemein war. Das war seine Absicht. So viel anderes war nicht seine Absicht, und er tat es trotzdem. Warum? Vielleicht kannte er die Antwort, doch sie passte ihm nicht. Also hörte er auf sie sich zu stellen. Niemand konnte so provokant sein wie er. Eigentlich, aber auch nur eigentlich, wollte er damit niemandem wehtun.

»Du bist echt ein undankbarer Idiot! Du solltest dich freuen, dass wir dich bei uns aufnehmen, ohne Fragen zu stellen, ohne dir Vorwürfe zu machen. Stattdessen ignorierst du meine einzige Bitte! Schäm dich!«

M schüttelte lächelnd den Kopf und warf dabei einen Blick auf die schicken Schuhe seines Bruders. Sie glänzten. Os trat sanft nach ihm, eine Antwort fordernd. Eigentlich, wieder nur eigentlich, hatte M ihm damals versichert niemandem von seinen Aggressionsproblemen zu erzählen. Dabei hatte es sich in keiner Weise um ein Versprechen gehandelt. Ekki wusste sowieso schon Bescheid. Der besagte Kunde war Os' Therapeut gewesen. Seinen Bruder plagten seit seiner Jugend cholerische Anfälle und irgendwelche bedeutenden Stimmungsschwankungen, denen M nie mit viel Verständnis begegnet war.[3] Es wunderte ihn nicht, dass Lilli nichts davon wusste. Os war ein Feigling, aber ein lieber. Die Couch-Therapie war jedoch offenbar nicht erfolgreich.

»Dein ledernes Heilmittel hat wohl nichts gebracht, was? Trittst du deine Frau auch, wenn sie dir nicht gibt, was du willst? So einer bist du? Na, dann will ich mich nicht länger deinen Bruder nennen«, zischte M.

Os stürzte sich ohne Vorwarnung auf ihn. Fingernägel bohrten sich in Haut, Füße traten nach Bäuchen, Welten prallten aufeinander. Jemand zerriss ein Hemd, von der eigenen Nasenspitze tropfte Blut. Als sich Blicke trafen, sahen

---

3 Tja, nun weiß es jeder. Da habe ich mich wohl verplappert ...

sich Kinderaugen an. Zwei Jungs erkannten sich wieder und sahen sich bettelnd vor ihrer Großmutter stehen:

Ich passe auf ihn auf, versprochen! Bitte, lass uns zusammen ins Kino gehen!
Ja, Oma, bitte! Ich werde Oskar auch nicht ärgern, wirklich nicht.
Ach, ihr seid schon süß ... Los, macht, dass ihr wegkommt! Aber wehe, ihr kommt später nach Hause als vereinbart!
Freude.
Niemals! Danke, Oma. Komm, Kleiner, wir gehen.

Os stieß M von sich und zupfte seine Kleidung zurecht. Er fluchte, jetzt müsse er auch noch ein anderes Hemd anziehen, wo er doch schon so spät dran sei! M lag atemlos, mit ausgebreiteten Armen, auf dem weichen Teppich. Er wies seinen Bruder darauf hin, dass seine Schnürsenkel offen seien. Os nickte dankend.

»Steh auf und mach dich nützlich! In einem Monat hast du einen Job und eine Bleibe. Haben wir uns verstanden? Ganz gleich, wie sehr ich dich liebe – das muss ich mir nicht antun!«, forderte er mürrisch.

»Alles klar«, erwiderte M kleinlaut.

Er war (manchmal) ein richtiges Arschloch.

Spielzeug-Dieb

Es war neun Uhr morgens, als Lilli ihn ansah. M versteckte sein Gesicht hinter zitternden Händen. Sein Rücken schmerzte. Auf dem Boden zu liegen bekam ihm nicht. Er rollte sich auf seine linke Seite und beobachtete, wie die Regentropfen die Fensterscheibe berührten. Er wünschte sich, jeder Tropfen hätte eine andere Farbe. Als Kind hatte er sich lange Zeit gefürchtet, ohne Schirm in ein Gewitter zu geraten. Die Angst verflog, nachdem Lilli ihm verraten hatte, dass sie den Regen liebte.

»Hilfst du mir in der Küche?«, vernahm er ihre Stimme.

Er drehte sich zu ihr um und fragte, warum er das tun solle. Sie seufzte und reichte ihm die Hand.

»Was soll ich damit?«, fuhr M sie an.

Es wunderte ihn nicht, dass sie ihm ihre Hilfe anbot. Lilli wurde nicht umsonst von allen geliebt. Sie war niemand, der sich aufspielte, um zu gefallen. Sie war echt, und das war es, was sie so besonders machte. Es war ihr egal, dass sie nicht die Einzige war, die auf dieses und jenes stand. Es war ihr egal, dass sie die Cafés besuchte, die jeder toll fand. Es war ihr egal, dass sie keine Trendsetterin war. Sie hatte nie das Verlangen anders zu sein, sich aus der Masse hervorzuheben. Das wusste sie, das mochte sie. Ihre Geste zeugte nicht von Reue über die kaltherzigen, vorangehenden Gespräche. Sie wollte ihm nur auf die Beine helfen. Ja, sie hatte ihn zuvor mit Worten angegriffen, doch das hinderte sie nicht daran, ihm im nächsten Moment zur Seite zu stehen.

»Ich warte auf dich«, murmelte sie und zog ihre Hand zurück.

»Lilli!«

»Ja?«

Sie ging auf ihn zu. Er versuchte zu lächeln, doch brachte nur unbeholfen zuckende Mundwinkel zustande. Er blieb stumm. Sie forderte ihn auf ihr in die Küche zu folgen. Es fiel ihm keine bessere Betätigung ein. So folgte er ihr, wie ein treuer Hund, den er zu sein vermied.

Lilli teilte ihm gleich eine Aufgabe zu: Tisch decken. Er griff lustlos nach zwei Plastikbechern und Besteck. Geräuschvoll setzte er sie auf dem Holztisch ab. Sie reichte ihm Butter und Brotaufstrich aus dem Kühlschrank. Ihre Finger berührten sich dabei kurz. Kurz, zu kurz, um sie festzuhalten, lang genug, um in Gedanken noch einmal das Kalenderblatt des 2. Juli 1994 abzureißen.

Ich freue mich so sehr auf den Strand. Ich möchte irgendwann ein Haus am Meer haben. Wäre das nicht schön?
Das hört sich toll an.
Wer soll das bloß bezahlen?
Ich werde sparen. Oma gibt mir jeden Monat Taschengeld.
Sie warf sich in das hohe Gras und lachte, während sie die Arme in die Höhe schwang und ihr Haar seine nackten Beine streifte. Sie legte ihren Kopf auf seinen Schoß und sah ihn an. Das haut doch niemals hin, du Spinner!

Doch, ich verspreche es dir. Es dauert vielleicht ein paar Jahre. Meinst du, wir kennen uns dann noch?
Selbstverständlich!
Er lächelte und schloss die Augen. Selbstverständlich. Sie hatte »selbstverständlich« gesagt.

»Ich geh eben nach oben und wecke die Kinder. Machst du uns einen Kaffee, bitte?« Sie lief an ihm vorbei.

Lilli roch wie damals, nur anders. M bediente die Kaffeemaschine, gedankenlos. Bald sprangen die Jungs um ihn herum. Sie versuchten sich an seinen Beinen festzuklammern und zerrten an den Ärmeln seines Pullovers. Er schaute verwundert zu Lilli, die ihm erklärte, sie habe den Kindern am vorigen Abend noch einmal ausgiebig erzählt, wer der Fremde sei. Sie gab ihm zu verstehen, dass sie ihnen nicht die Wahrheit über seine Person verraten hatte. Ihre Begeisterung rührte womöglich daher, dass sie ihn als Superhelden angepriesen hatte. M fragte sich, warum sie ausgerechnet ihn in ihrer Geschichte zum Superhelden ernannt hatte. Es wunderte ihn nicht, dass sie die Jungen angelogen hatte. Tatsachen vor Kindern verzerrt darzustellen war nichts Neues. Er verstand jedoch nicht, dass sie das einfach hinnahmen.

»Mama, darf ich ihm mein neues Spielzeugauto zeigen?«, nervte einer der Jungs.

Lilli verneinte hastig und regte sich über das Apfelmus auf ihrer Jogginghose auf. M schlürfte derweilen den Milchschaum von seinem Kaffee und lächelte den Jungen verlegen an. Um ehrlich zu sein, wollte er das Auto nicht sehen. Es interessierte ihn wirklich überhaupt nicht.

»Bitte, bitte, bitte!«, flehte das Kind Lilli weiter an.

M räusperte sich. Er suchte verzweifelt nach einem schwarzen Loch, in dem er unbemerkt verschwinden konnte, oder aber nach Lillis Blick.

»Du darfst ihm das nach dem Frühstück zeigen, ja? Trink erst mal deine Milch«, beschloss diese.

Verrückt, sie einen solchen Satz sprechen zu hören! Sie klang so erwachsen, so ernst, so mütterlich. Als Kind hatte sie anders gesprochen, und das war es, was ihm am meisten Angst einjagte. M befürchtete, dass sie sich vergessen hatte und einem Leben verfallen war, das sie nicht erfüllte. Selbst, wenn so was nicht zu ihrem Wesen passte. Doch für wen hielt er sich, um über sie zu urteilen?

Der Kleine freute sich über den Vorschlag der Mutter und leerte seine Tasse. M nahm beide Jungen auf den Arm und begab sich mit ihnen ins Kinderzimmer. Er tat so, als würde er sich wahnsinnig über ihre plötzliche Zuneigung freuen. Die Jungs blühten auf, als sie ihr Spielzeug erblickten. Sie führten ihm jedes Modellauto vor, das sie besaßen, und zerrten ihn anschließend in ihre Spielhöhle. Er konnte sich nicht gegen ihre Euphorie wehren. Sie kitzelten und bewarfen ihn mit Stofftieren. Woher hatten diese Kinder all dieses Spielzeug? Er mimte das Opfer, bis sie ihn aufforderten seine Superkräfte vorzuführen.

»Kinder, es reicht. Wir gehen jetzt spazieren. Los, raus da!«, mischte Lilli sich ins Spiel ein.

Die Jungs verstummten und hielten sich den Zeigefinger vor die Lippen. M schaute sie verständnislos an. Er öffnete leicht den Mund, doch die Kleinen stürzten sich auf ihn und drückten ihm die kleinen Hände ins Gesicht. Die Stille irritierte ihn. Er war umzingelt von Stofftieren und diesen Kindern, die er nicht verstand. Er schob sie etwas harsch zur Seite, doch sie blieben.

Er ist nicht so wie du. Du bist kindisch. Mit dir kann man Spaß haben. Doch er geht schon mit aus und darf abends lange wegbleiben. Außerdem bringt er mir jedes Mal Schokolade mit, wenn er zum Kiosk läuft.
Kurzer Gedanke an die Schokolade und an die Blumen, die in seinem Ranzen verfault waren.
Ich spare doch für das Haus! Ich habe kein Geld, um Mädchen Süßigkeiten zu schenken.
Ach, Spinner! Das Geld kriegst du eh niemals zusammen. Ich bin verliebt in ihn.
Du weißt gar nicht, was es bedeutet sich zu verlieben! Du bist doch erst elf!
Jetzt sei doch nicht eingeschnappt! Spiel du lieber weiter mit deinen Modellautos und helfe deiner Oma beim Backen. Ich bin genauso alt wie du. Du bist auch verliebt, hast du gesagt. Du willst mir nur nicht verraten, in wen.

»Nein, wir sind beschäftigt. Merkst du nicht, dass du uns störst?«, schrie M.

Die Jungs kauerten hinter seinem Rücken. Sie hatten Angst vor dem Eindringling.

»Sei nicht albern!«, lachte Lilli und baute sich auf allen vieren vor dem Unterschlupf auf.

Ihre Blicke trafen sich. Er griff nach ihrer rechten Hand, ohne nachzudenken. Sie verlor das Gleichgewicht und stürzte.

»Hilfe! Hilfe! Wir werden bedroht! Es ist ein Monster!«

»Du ...« Lilli riss die Augen weit auf und versuchte sich aufzurichten.

Da sprangen die Jungs hinter M hervor und warfen sich auf ihre Mutter. Sie verfingen sich in ihren Haaren, bohrten ihre kurzen Finger, »Peng« brüllend, in Amelies Bauch und versuchten sie aus der Höhle zu verscheuchen.

»Weg, du gehörst hier nicht hin! Los, weg!«, kreischten sie.

M stöhnte, beklagte sich theatralisch über Schmerzen und verzog sich in eine Ecke. Um ihn herum lagen lächelnde Teddybären, Actionfiguren, Plastikautos und Spielzeugpistolen. Er griff schnell nach einer der Schusswaffen und versteckte sie unter seinem Pullover. Die Kinder hatten das Monster aus der Höhle vertrieben und hielten es fest. Das Untier war hilflos, obwohl es viel größer und stärker war als die Kinder. M preschte aus der Höhle und packte Lilli. Seine Beschützer jubelten. Sie hatten das Monster besiegt! Dieses kreischte und trommelte mit geballten Fäusten auf M's Rücken.

»Danke, Jungs, den Rest erledige ich alleine!«, verkündete er stolz.

Die Kleinen blieben in ihrem Spielparadies zurück. M setzte Lilli ab, als sie den Flur erreichten. Sie waren beide verschwitzt und ihre Wangen glühten. Sie löste ihren Zopf, schüttelte den Kopf. Ihr blondes Haar fiel ihr ins Gesicht. Sie sah völlig fertig aus. Ihr Oberteil war verrutscht und legte ihre Schultern frei. Die Kinder hatten ihre Hausschuhe in Beschlag genommen. Sie war wütend, barfuß, sprich wunderschön.

»War das nicht toll?«, wollte M wissen.

Lilli schwieg und atmete schwer. Sie wich seinen Blicken aus. Es war frustrierend, dass sie genau wusste, wie sie ihm ihre Gedanken vorenthalten konnte. Meist reichte ein Wimpernschlag, um dem anderen wortlos alles zu sagen. Doch wollte sie ihm etwas nicht erzählen, suchte sie die Luft nach Sehenswertem ab und verwehrte ihm die Einsicht in ihr Seelenleben.

»Das war nicht eingeplant. Wir spielen am Nachmittag, nicht morgens. Morgens sollen die Kinder spazieren gehen.«

»Wer schreibt das denn vor? Hast du das aus einem dieser tollen Ratgeber für junge Eltern?«, regte er sich auf.

»Du hast keine Ahnung von Erziehung. Du bist selbst noch ein Kind. Es ist meine Entscheidung, wann ich was mit meinen Kindern unternehme«, entgegnete sie.

»Du hast wohl recht, Lilli. Ich habe keine Ahnung, aber nicht von Erziehung«, sprach er und lief zur Haustür.

»Wo willst du hin?«, rief sie ihm hinterher.

M stürmte nach draußen und zündete sich eine Zigarette an. Ihre Augen. Er konzentrierte sich auf seinen Auftritt. Ihre Augen. Er ging das Spektakel durch, wiederholte immer wieder, was er ihr erzählen wollte. Ihre Augen. Er entsann sich klassischer Western. Ihre Augen. Er übte den berühmten Gang der Cowboys. Ihre verdammten Augen! Sie war nicht glücklich. Niemand war glücklich. Glück musste eine Lüge sein, wie Liebe und Freundschaft auch eine sein mussten.

M hatte das Pflegeheim erreicht. Als er das Gebäude betrat, war er sorglos. Er grüßte die Empfangsdamen, boxte den alten Hausmeister sanft in den Bauch und suchte die Toilette auf. Dort kritzelte er sich einen Schnurrbart ins Gesicht, malte sich dichte Augenbrauen und eine Narbe auf. Er betrachtete sich kurz im Spiegel. Der Cowboy war auf der Hut, als er das Bad verließ. Er zückte die Plastikpistole und huschte den Gang entlang.

Herr Cowboy

»Hände hoch!«, schrie er und riss die Zimmertür auf.

Sie schlief. Ihr weißes Haar schimmerte im Sonnenschein. Er eilte zu ihr und beugte sich über ihren ruhenden Körper. Sie öffnete die Augen, als er die Waffe beiseitelegen wollte.

»Wer bist du?«, erkundigte sie sich mit rauer Stimme.

Sie rieb sich die Augen, um ihn fragend anzuschauen. Er erwiderte die Frage nach ihrer Identität und wusste selbst nicht so genau, warum er das tat. Großmutter schien die Antwort nicht zu kennen. Vielleicht hätte sie sich damals lieber wünschen sollen gesund zu altern. Ihr Bestreben war stattdessen stets ein anderes gewesen.

Ich habe Angst davor mich zu vergessen. Ich hoffe, dass ich niemals nach meinem Namen fragen muss. Manchmal wünsche ich mir jung zu sterben, doch dann höre ich euch lachen. Das Verlangen, euch aufwachsen zu sehen, ist größer als alles andere.

Er richtete die Waffe schweigend auf ihre Brust. Sie erschrak, warf die Arme in die Luft und schrie, sie würde sich ergeben – so zumindest der Plan. Doch in Wirklichkeit reagierte sie vorerst nicht.

»Keine Angst, junge Frau. Solange Sie mir gehorchen, wird Ihnen nichts passieren!«, brummte er.

Er sprang auf und befahl ihr ihm zu folgen. Sie griff nach einer zusammengerollten Zeitung, die auf ihrem Nachttisch lag, und schlug auf ihn ein, als er ihr den Rücken kehrte.

»Oh, gnädiges Fräulein, nicht doch! Aua, aua, Sie haben mich verletzt!«, jammerte er und sank zu Boden.

»Sie Bastard! Ich rufe jetzt die Polizei!«, drohte die Alte.

»Nein, nicht den Sheriff, bitte nicht!«, flehte er.

Die Dame erhob sich und betrachtete ihn kritisch.

»Wovon reden Sie? Welcher Sheriff?«

»Der Sheriff! Der hat es schon lange auf mich abgesehen. Der will mich hinter Gitter bringen. Wollen Sie ihm wirklich dabei helfen?«, wimmerte er.

Sie krempelte die Ärmel ihres Nachthemdes hoch und meinte, es gebe keinen Sheriff im Haus. Sie erinnerte ihn daran, dass sie sich nicht im Wilden Westen befänden. Er verneinte und bot ihr seinen Schutz an. Sie schien kurz über das Angebot nachzudenken. Gedruckte Worte schlugen auf seinen Kopf ein.

»Ist das meine Schuld?«, fragte sie und zeigte auf seine Narbe.

»Sie tun mir weh! Legen Sie doch bitte Ihre Waffe weg! An dieser Narbe sind Sie allerdings nicht schuld. Wissen Sie, welche Geschichte dahintersteckt?«

»Bin ich Hellseherin?«, krächzte ihre heisere Stimme.

Er wollte aufstehen, doch sie zog ihm erneut mit der Zeitung eins über. Er duckte sich und fragte zögernd, ob sie seine Geschichte hören wolle. Sie nickte und versicherte, dass sie sich zu wehren wisse, wenn der Köter des Nachbarn sie angreifen würde. Ihre Aussagen zu hinterfragen lohnte sich schon lange nicht mehr. So begann der Cowboy zu erzählen:

»Das Wiehern meines Pferdes weckte mich an einem düsteren Wintermorgen. Ich lief hinaus zu meinen Tieren, als der Wachhund mir entgegenkam. Er bellte aufgeregt und recht aggressiv. Ich ahnte sofort, dass irgendwas nicht stimmte.« Er hielt inne und prüfte, ob sie ihm zuhörte, ob sie ihm die Geschichte abnahm. Die Zeitung lag tatsächlich nur noch locker in ihrer Hand. Sie setzte ihre Brille auf und lehnte sich zurück. Großmutter sah ihn an, wie damals, wenn er ihr aus seinem Lieblingsbuch vorlas und jedes zweite Wort falsch betonte. Wie damals, wenn Os und er später als vereinbart nach Hause kamen und sie die beiden im dunklen Flur erwartete. Sie sah ihn an, wie damals, wenn ihre wertvollsten Vasen zu Bruch gingen, weil er im Wohnzimmer Fußball spielte. Vielleicht sehnte er sich nach diesem Blick, vor dem er sich sonst immer so gefürchtet hatte.

»Soll ich aufhören?«, bot er verunsichert an, seine Geschichte an dieser Stelle zu beenden.

Sie schüttelte still den Kopf. Sie schwiegen sich an.

»Es ist ein Verbrechen, eine Geschichte nicht zu Ende zu erzählen!«, belehrte sie ihn.

»Sie haben recht. Entschuldigen Sie mein rüdes Verhalten! Ich ahnte also, dass mich ein großes Unheil erwartete. Ich schlich zum Kuhstall, wobei ich aus der Ferne erkennen konnte, dass das Tor offenstand. Es war so kalt, dass ich meine Hände kaum spürte. Mein Speichel gefror an meinen Lippen«, setzte er seine Erzählung fort.

Sie legte die Zeitung zur Seite und näherte sich dem Besucher. Er spürte ihre Wärme und erinnerte sich an die Nächte, in denen sie sich ein Bett teilten, hörte ihr Schnarchen und ihre Schritte, wenn sie morgens das Zimmer verließ, um Frühstück vorzubereiten. Er roch den Duft frischer Butterhörnchen, sog ihn ein und weigerte sich auszuatmen, bis er instinktiv nach Luft schnappte.

»Es brach ein fürchterliches Gebrüll los, als ich den Stall erreichte. Glauben Sie mir, solche Geräusche können nur des Teufels Werk sein. Es war schrecklich! Ein lautes, dunkles Raunen, gefolgt vom Schrei einer meiner Kühe, durchdrang die Dunkelheit.« Er sprang auf und griff nach seiner Pistole. »Natürlich trug ich meine Waffe bei mir, und ich habe keinen Augenblick gezögert sie einzusetzen. Ich habe blind um mich geschossen, doch das Gebrüll verstummte nicht! Mir wurde klar, dass ich die Hölle betreten und dem Biest in die Augen schauen musste. Mein Hund hatte sich längst im Haus verkrochen. Ich war auf mich allein gestellt. Mit zitternden Beinen betrat ich den Stall und wurde augenblicklich von einem Monster attackiert! Es war ein Wolf, ein Bär – ein Biest! Ich kann nicht definieren, was für ein Tier es war, doch es wollte mich zerfleischen!«

Er klammerte sich an die Greisin und schluchzte: »Verstehen Sie? Dieses Biest wollte mich umbringen! Es bohrte seine Krallen tief in meine Haut und ließ nicht von mir ab! Jedes Mal, wenn ich mich aus seinen Klauen befreit hatte, griff es erneut an. Es biss sich an meinen Armen und Beinen fest, packte mit seinen Tatzen meinen Kopf. Glauben Sie mir, ich habe um mein Leben gebangt.«

Sie war entsetzt. Ihre Augen leuchteten aufgeregt, etwas verängstigt: »Wir müssen beide tot sein! Sie haben dieses Vieh doch nie und nimmer besiegt.«

»Sagen Sie mal, für wie schwach halten Sie mich? Ein Schlag auf die linke Brust reichte aus ...« Er imitierte die besagte Kampfbewegung. »Zack – es sackte zusammen! Ich habe das Grauen aus dem Stall geschleudert, mit aller Kraft. Glauben Sie mir, ich habe es geschafft! Nicht umsonst habe ich jahrelang Bücher studiert, in denen von den unheimlichsten Kreaturen die Rede war. Natürlich war ich eingeschüchtert, doch habe ich mich blitzschnell gefangen und dem Biest gekonnt das Handwerk gelegt.«

»Ist das alles, was Sie mir zu sagen haben? Ich habe mehr erwartet«, gähnte die alte Dame.

»Der Sieg bedeutet längst nicht das Ende! Niemand wollte meine Geschichte hören, geschweige denn glauben. Das Gespräch der Stadt war der vermisste Sohn des Sheriffs. Ich erfuhr wenige Tage nach meinem Triumph, dass ich sein Leben auf dem Gewissen habe«, eröffnete er ihr.

Sie unterstellte ihm, er würde sie anlügen. Es gab keine Sheriffs, und an Monster glaubte sie schon lange nicht mehr. Sie griff nach der Zeitung und holte damit aus, doch er sprach unbekümmert weiter: »Ich konnte es auch nicht glauben. Ich dachte, so was gibt es nur in Märchen. Selten habe ich mich derart geirrt! Der Sohn des Sheriffs war krank. Ich kannte den Jungen. Er war ein introvertierter Typ. Die Mädchen mochten ihn nicht besonders gern. Wissen Sie, er sah nicht nur an diesem Morgen haarig und bestialisch aus …«

»Ja, wie sah er denn aus?« Sie senkte den Arm.

»Wie stellen Sie sich ihn denn vor, liebes Fräulein?«, band er sie in seine Erzählung ein.

Sie zuckte mit den Schultern und behauptete, sie könne ihm keine Antwort geben. Er streckte ihr daraufhin die Zunge raus und nannte sie phantasielos.

»Und Sie sind ein verlogener Mörder!«, beschuldigte sie ihn beleidigt.

»Regen Sie sich nicht auf! Ich erzähle Ihnen gerne, wie er aussah. Er war ein Riese: unglaublich groß und ebenso dick. Sein braunes, zotteliges Haar klebte an ihm wie Honig an einem Teelöffel. Er trug schon in jungen Jahren einen Vollbart. Der roch wie der Stall, in dem ich auf ihn traf. Er trabte durch die Gegend wie einer seiner tierischen Bewohner. Ich habe den Typen nie lachen sehen. Er zog stets allein durch die Gegend. Sein Vater war dennoch stolz auf ihn. Ich frage mich nur, auf welche seiner Taten!«

»Jeder hält sein Balg für das tollste Kind der Welt«, fügte sie verächtlich hinzu.

Er verstummte. Os und er waren ihre Prinzen gewesen. Es wunderte ihn, dass nun plötzlich alle Kinder Prinzen und Prinzessinnen waren. Den Ausdruck »Balg« wollte er nicht hören. Sie drohte ihm mit der Zeitung und forderte ihn auf die Geschichte fortzusetzen.

»Am nächsten Tag besuchte mich der Sheriff und legte mir Handschellen an. Ich verstand die Welt nicht mehr! Er vertraute mir das Schicksal seines Sohnes an, während er mich abführte. Er erklärte mir, er habe unter einer seltenen Krankheit gelitten, bei der man sich jede Nacht in ein hungriges Biest verwandle. Für gewöhnlich sperre er ihn ein, doch letzte Nacht sei er betrunken nach Hause gekommen und habe so tief geschlafen, dass ihm entgangen sei, dass das Monster dabei war die Gitterstäbe seiner Zelle mit seinen spitzen Zähnen zu zerbeißen. Das Ungeheuer floh. Ich erfuhr, dass ich seinen Jungen getötet hatte. Woher hätte ich denn wissen sollen, dass es sich bei dem Monster um den hässlichen Sohn des Sheriffs handelte? Ich wollte mich doch nur verteidigen! Das war dem Sheriff egal. Es war ihm plötzlich peinlich zu seinem Sohn zu stehen. Ich kann seine Trauer und seine Wut nachvollziehen. Doch ich verstehe nicht, warum er mich verurteilt. Er weiß doch selbst, wie grässlich sein eigen Fleisch und Blut verwandelt aussah! Lieber stellt er mich als Mörder dar, als sich vor den Stadtbewohnern zu blamieren. Was würden sie wohl dazu sagen, wenn sie wüssten, dass der Sheriff ihnen die grausame Wahrheit über seinen Sohn jahrelang verheimlicht hat? Nein, das Gespött wollte er sich ersparen! Aus diesem Grund sperrte er mich weg, verbreitete das Gerücht, ich sei verrückt und habe seinen Sohn für ein Ungeheuer gehalten. Er behauptete, der Junge habe bei einem nächtlichen Spaziergang beängstigende Geräusche aus meinem Stall vernommen und habe sich tapfer umgeschaut, ob jemand seine Hilfe benötige. Ich, der Irre, soll ihn dann erbarmungslos erlegt haben. Niemand stellt seine abstruse Geschichte in Frage!«

Die Zuhörerin wischte ihm die Narbe von der Wange. Sie wirkte ernst, als würde sie sich um sein Wohl sorgen. Er suchte nach ihrer Hand und hielt sie fest. Sie berührte ihn.

»Menschen lügen, weil ihnen die Wahrheit zu ehrlich ist. Sie schieben anderen die Schuld in die Schuhe, um nicht selbst darin zu laufen. Sie müssen wissen, dass es leichter ist mitzuspielen als sich aufzulehnen. Nicht jeder besitzt die Kraft, über seinen Schatten zu springen. Sie sind dem Sheriff entwichen?«, ermutigte sie ihn.

»Natürlich! Ich habe ihm in einem günstigen Moment eine Kopfnuss verpasst und bin um mein Leben gerannt.

Ein Freund hat mir später geholfen die Handschellen loszuwerden. Nun bin ich hier, bei Ihnen. Das Schicksal hat mich zu Ihnen geführt. Es tut mir leid, dass ich Sie vorhin erschrocken habe, doch seit dem Vorfall im Stall traue ich mich nirgends ohne Waffe hin. Nicht mal zu Ihnen, der friedlichsten Frau, die mir je begegnet ist!« Er küsste ihre faltige Hand.

Ihr Gesicht errötete. Sie tätschelte verlegen seinen Kopf. Es war ihm unklar, ob sie mitspielte oder ihn auch nur verstand.

»Oh nein, haben Sie gehört?« Er lief zur Tür.

»Was ist los? Ist es der ominöse Sheriff?«

Er hörte Schritte auf dem Flur. Es war Mittag, die Pfleger teilten gleich das Essen aus. Er musste schleunigst hier weg, bevor es wieder Ärger gab.

»Liebe Frau, ich danke Ihnen für Ihr Vertrauen und hoffe sehr, dass wir uns irgendwann wiedersehen. Ich muss Sie nun leider verlassen, machen Sie es gut! Hier, nehmen Sie meine Waffe als Zeichen meiner Anerkennung und Liebe. Sie hat mich vor jeder Gefahr geschützt, nun soll sie Ihnen Angreifer aller Art vom Leib halten.« Er warf ihr die Plastikpistole zu.

Sie fing diese entgeistert auf und stotterte, sie wisse doch gar nicht, wie man mit so etwas umgeht.

»Herr Cowboy, ich habe Angst!«, flüsterte sie.

Er drückte sie an sich und versprach: »Sie müssen sich nicht fürchten. Nicht, solange ich lebe.«

Bestimmt blieb sie noch einige Minuten mit der Pistole in der Hand auf dem Bett sitzen, nachdem er den Raum verlassen hatte. Kurze Zeit später gab es wahrscheinlich

Mittagessen und alle fragten, woher sie diese Pistole habe. Ihre Antwort hätte er gerne gehört. Vielleicht war es besser, dass er nie länger blieb.

Barfuß

Ekki kam ihm entgegen, als er das Heim verließ. M versuchte ihm auszuweichen, indem er sein Gesicht hinter vorgehaltener Hand versteckte. Es kam, wie es kommen musste: Die beiden stießen zusammen. Ekki entschuldigte sich besorgt, doch als er M erkannte, trat er einen Schritt zurück und seufzte.

»Haben Sie sich verletzt?«, stellte M sich dumm, während er seine Kleidung abklopfte.

Er verspürte einen unbändigen Drang, sich die Schuhe zu binden. Das lag daran, dass ihm die Schnürsenkel viel zu eng erschienen und er Schmerzen im rechten Fuß wahrzunehmen glaubte. Er bückte sich und löste die Schleifen.

»Was willst du hier?«, stöhnte Ekki.

M unterbrach sein Vorgehen und richtete sich auf. Er tat so, als hätte er ihn erst am Klang seiner Stimme erkannt. Dies schob er auf den Anzug, den Ekki trug, und auf seine kurzen Haare.

»Ich bin nicht blöd! Was willst du?«, zischte ihn sein Freund erneut an.

»Ich habe dich gesucht. Ich wollte mir dir reden. Es gibt einiges, worüber wir uns unterhalten sollten, meinst du nicht?«

»Nein, das sehe ich nicht so. Du kannst gehen, wenn das der einzige Grund deines Besuches ist.«

»Ekki, komm schon, nun sei nicht so zu mir! Wir sind beide temperamentvoll und labern gern mal drauflos – was soll's! Lass uns ein Bierchen trinken gehen. Ich zahle!«

»Wir sind keine Kinder. Die Probleme lassen sich nicht mit einem geschenkten Bonbon aus der Welt schaffen. Du kannst mit einem Bier nicht deine Worte zurücknehmen.«

»Vielleicht besänftigt dich ein zweites Bierchen? Du hast doch gesagt, du bist immer für mich da, oder etwa nicht? Warum stellst du dich denn jetzt so an?«

»Ich bin für dich da, wenn du mich brauchst. Doch du bist zurzeit nur darauf aus mich in das Chaos hineinzuziehen, das du dein Leben nennst. Du brauchst keinen Freund, du brauchst auch niemanden, der dich unterstützt. Das Einzige, was du willst und brauchst, ist jemand, dessen Wünsche und Sehnsüchte du zerstören kannst, damit du darüber hinwegkommst, dass du niemals erreichen wirst, was du dir vorgenommen hast. Und darauf, mein lieber Freund, habe ich keine Lust.«

Ekki bat M das Pflegeheim zu verlassen. Er drohte ihm, dass er ansonsten den Sicherheitsdienst benachrichtigen würde. M erzählte ihm, dass seine Großmutter dort wohne und er ihm den Eintritt auf Dauer nicht verwehren könne. Ekki zuckte mit den Schultern und meinte, das sei nicht sein Problem.

»Melde dich erst wieder, wenn du über das, was ich dir gesagt habe, nachgedacht hast. Besuche deine Großmutter, tu, was du willst, lass mich nur in Frieden!«, fügte er hinzu.

Er sagte ihm, dass seine Schnürsenkel offen seien, bevor er eine Tür hinter sich zuzog. M flüsterte: »Du kannst mich mal«, zog seine Schuhe aus und lief barfuß zum Bahnhof. Er verlor sich in der Menschenmenge und in Gedanken darüber, wo all jene hinwollten, die ihm begegneten. M war nicht der Typ, der Fremde ansprach. Er scheute Gespräche mit Menschen, die er nicht kannte. Heute zog er deren Aufmerksamkeit auf sich. Er konnte sich die verwirrten, neugierigen Blicke nicht erklären, bis ein kleiner Junge mit dem Finger auf ihn zeigte und seine Begleiterin fragte, warum der Onkel Farbe im Gesicht habe. Sie zog ihn näher an sich heran, als habe sie Angst, der bemalte Mann könne den Knirps angreifen. Als er in den Zug einstieg, wehte ihm der Mief der Bahn entgegen. Es roch nach alten Sitzpolstern, nach Zigarettenrauch, Schweiß und Essen. M schloss die Augen.

»Wäre ich so empfindlich wie du, würde ich meine Frage nicht wiederholen und dich den Rest der Fahrt anschweigen«, vernahm er die Stimme einer wütenden Frau.

»Was glotzt du so bescheuert?«, legte sie nach.

M's Augenlider zuckten. Er konzentrierte sich auf ihre Stimme und wollte erfahren, worüber sie sich derart aufregte. Doch zu ihren Worten mischten sich weitere Gesprächsfetzen und ihre Klage versank in einem Wirrwarr von Stimmen. Sie alle saßen in dieser Bahn, fuhren in dieselbe Richtung, um unterschiedliche Ziele zu erreichen. Sie teilten ungewollt einen einzigartigen, niemals wiederkehrenden Moment. Später würden sie anderen von dieser Fahrt erzählen, vielleicht auch nicht. Vielleicht würde jemand ein Buch schreiben, in dem die Frau, die sich eben aufgeregt hatte, eine Rolle spielt. Vielleicht hatte diese Fahrt aber auch für niemanden eine Bedeutung. Vielleicht vertrugen das Leben und er sich einfach nicht, grundlos.

M saß auf einem Felsen und schaute hinab auf die Stadt. Hier, wo es nur Bäume, Steine und Waldboden gab, hatte er schon viele Stunden verbracht. Er liebte die Ruhe und die Kraft, die ihn umgaben. Er fühlte sich überlegen, wenn er auf alles herabsehen und schweigen konnte, ohne dass jemand Fragen stellte oder Antworten gab. Er erinnerte sich gern an den Tag, an dem er diesen Ort entdeckt hatte. Sie hatte ihm versprochen, dass sie zusammen Eis essen gehen würden. Er hatte sich so darüber gefreut, dass er sich auf dem Weg nach Hause verirrte. Er lief immer geradeaus, immer weiter, bis er sie einen Augenaufschlag lang nicht mehr vor sich sah. Der junge M hielt den Atem an, als er feststellte, dass er sich an einem fremden Ort befand.

Er nahm einen Schluck aus der Flasche, die er fest mit der rechten Hand umklammerte.

M hatte keine seiner Geliebten hierhin gebracht. Lilli wusste auch nichts davon, denn sie hatte das Eisessen vergessen. Sie war wunderschön. Alle drehten sich nach ihr um, wenn sie den Raum betrat. Ihr langes, lockiges Haar roch vertraut, und doch weckte es seine Sehnsucht nach allem Unbekannten. Sie waren jung, viel zu jung. Als er sie zum ersten Mal sah, kleidete sie ein pastellgrünes, ärmelloses Sommerkleid, und sie hatte ihr Haar zu zwei Zöpfen gebunden, die seitlich vom Kopf abstanden. Die Haarbänder waren rosa, mit grünen Streifen. Sie trug damals eine Zahnspange. Er lief ihr zufällig auf dem Pausenhof über den Weg. Jede weitere Begegnung war geplant. Jeden Morgen um dieselbe Uhrzeit hockte er an der Ecke, um sie wenige Sekunden zu sehen.

Er trank lächelnd.

Es dauerte zwei Jahre, bis er sich traute sie anzusprechen. Die Zahnspange war längst ab, als er an sie herantrat und sie stotternd fragte, ob sie ihm ein Taschentuch geben könne. Sie schaute ihn verstört an und lief davon. Sie waren elf. Fortan trug er täglich eine Blume oder eine Tafel Schokolade mit sich. Seine Großmutter stellte keine Fragen. Sie wunderte sich nicht darüber, dass er sie wiederholt um Geld bat und morgens viel früher aus dem Haus ging als nötig. Sie sprach ihn auch nicht darauf an, dass der Kioskbesitzer sich oft nach ihrem Enkel erkundigte, der Milchschokolade so sehr liebte. Oma stellte auch nicht in Frage, dass sein Schulranzen irgendwann voll mit Schokolade und Gänseblümchen aus Nachbars Garten war.

Der Alkohol vernebelte seine Sinne. Er spuckte die bittere Flüssigkeit aus.

Fünf Jahre später hatte das Mädchen einen Namen, den er nicht länger denken wollte. Sie schenkte ihm ein Amulett, das sie seit ihrer Geburt besaß. Sie erzählte ihm, bevor sie es ihm überreichte, dass dies der wichtigste Gegenstand sei, den sie habe. M war überwältigt, als sie es ihm als Zeichen ihrer ewigen Freundschaft anvertraute. Sie küsste ihn auf die Wange, woraufhin er sich tagelang das Gesicht nicht wusch. Sie bat ihn anschließend darum, seinem Bruder ihre Telefonnummer zu geben und ihm zu sagen, sie sei ein tolles Mädchen.

Er schluckte und ließ das Amulett durch seine Finger gleiten.

M lauschte an der Zimmertür seines Bruders, als der sich mit ihr dorthin zurückzog. Er fragte sie, warum sie M vorangeschickt habe, anstatt ihn selbst anzusprechen. Sie kicherte und verriet ihm, dass sie zu schüchtern gewesen sei und gewusst habe, dass M alles für sie tun würde. Sie berichtete ihm von dem Amulett, das sie aus einem Überraschungsei hatte. Sie hatte es wenige Stunden vor dem Treffen mit M gekauft. Os versicherte ihr, dass sein Bruder nicht zu viel versprochen habe. Stille.

M legte seine Augen auf die Stadt. Alles, was er sah, war sie. Immer noch, jeden Tag, jede Nacht.

»Vergessen. Vergessen. Vergessen. Ein Wort. Ich spreche es aus. Ich denke es. Ich schreibe es nieder. V E R G E S S E N. Vergessen. Ver Gessen. Ich singe es, laut. Ich lese es. Doch ich fühle es nicht«, flüsterte er ein Zitat, das er irgendwo aufgeschnappt hatte.

M wollte den Mann im Mond treffen und auf Sternen durchs Weltall fliegen. Er wusste, dass das albern war. Er wusste auch, dass dieser Wunsch niemals eine Erinnerung werden würde. Er konnte nicht verstehen, warum Menschen sich Umstände und Dinge herbeisehnten, die erreichbar waren. Er verstand nicht, warum er ausgelacht wurde, wenn er als erwachsener Mann den Wunsch äußerte fliegen zu können. Wünsche waren für ihn seit jeher etwas, was sich nicht erfüllen lässt, niemals. Sie war ein Wunsch, Glück war ein Wunsch, Leben war ein Wunsch.

Er leerte die Flasche und beobachtete, wie sie den Abhang herunterrollte. Sein Kopf ruhte auf seinen Knien. Die Uhr an seinem Handgelenk tickte. M biss sich fest auf die Unterlippe und zuckte zusammen, als es schmerzte. Er erinnerte sich ungern an den Jungen mit den wuscheligen Haaren. Es war zu spät zum Warten, zu früh zum Folgen.

> *Glück bedeutet nicht, alles zu haben, was man will. Glücklich sein heißt nicht sorglos sein. Glück ist weder Perfektion noch der Höhepunkt deines Lebens. Glück ist allein die Gewissheit, dass Träume und Wünsche wahr werden können; der Glaube daran, dass du alles erreichen kannst, ganz egal wann, ganz egal wo.*

Betrunken, weinend, torkelnd entfernte er sich vom Felsen. Er hatte Angst.

Filmriss

»Schön, dass du dich blicken lässt. Darf man erfahren, wo du gesteckt hast?«, wurde er grob begrüßt.

Er antwortete nicht. Sein trunkener Körper fiel zu Boden. Der kalte Marmorstein kühlte seine erhitzten Wangen. M spürte, dass er sabberte, doch er war zu schwach, um etwas daran zu ändern. So blieb er regungslos liegen, geblendet von dem grellen Licht der Deckenlampe. Vier Hände packten ihn und trugen ihn davon. Es wunderte ihn nicht, dass sie seine Glieder recht lieblos umklammerten. Es wunderte ihn auch nicht, dass er sich kurze Zeit später übergeben musste und das Erbrochene beim Zusammentreffen mit den Marmorfliesen ein sonderbares Geräusch von sich gab. Er war unsicher, ob es ihn an erhitztes Öl in einer Bratpfanne oder an plätscherndes Wasser erinnerte. Er erschrak lediglich, als er zurückblickte und sich auf dem Boden liegen sah. Das war nun wirklich bizarr.

Gelb. Er kniff die Augen zusammen. Seine Ohren rauschten, sein Kopf simulierte die Fahrt auf einem Karussell und sein Magen zeigte sich an diesem Morgen besonders rebellisch. Er verspürte den Drang, augenblicklich auf den Boden zu kotzen, doch ihm fehlte die Kraft, sich aufzurichten. Außerdem waren da ja noch dieses ekelhafte Würgen und der penetrante Fäulnisgestank, die ihn davon abhielten, sich den Finger in den Hals zu stecken. Er hasste es, sich zu übergeben. Allein der Gedanke daran ließ ihn aufstoßen. Sein Verlangen nach einem Glas Wasser schmerzte. Er versuchte sich auf den Bauch zu legen, blieb jedoch in dieser Kehrbewegung stecken und verweilte auf seiner rechten Seite. Er hasste die ganze Welt, jeden Zentimeter, jede noch so unschuldige Ecke. Und wieder nahm er sich vor nie wieder zu trinken. Widerwillig öffnete er die Augen ein zweites Mal. Gelb. Die Farbe der Tapete gab ihm den Rest. Der Raum erschien ihm wenige Sekunden verzerrt, dann erkannte er, wo er sich befand. Er war hellwach. Sie hatten ihn in sein altes Kinderzimmer gebracht. In ein Zimmer, das sie gelb tapeziert hatten. Er hasste diese Farbe! Gelb – wer strich denn Mauern gelb? Wütend sprang er aus dem schmalen Einzelbett und eilte in den Flur. Amelie fing ihn, eine Teekanne haltend, ab.

»Ich ...«, stammelte er.

Weitere Worte blieben aus. Sie setzte die Teekanne vorsichtig auf einem Regal ab, rieb sich die Hände und wurde zur brüllenden Löwin. M flogen unzählige Anschuldigungen um die Ohren, die sie auch einem Fremden hätte an den Kopf werfen können. Es ging um Verantwortung, um Respekt, um Dinge, die die meisten wohl für wichtig hielten. Amelies Mund wurde breiter und ihre Stimme fortwährend lauter. Sie spuckte, wenn sie schrie. Widerlich. Ihr Gesicht lief rot an, und er sah, dass ihre Halsader anschwoll. Sie wedelte mit den Armen, stieß ihn von sich, stampfte mit den Füßen auf den Boden und wiederholte immer wieder, sie sei enttäuscht. Irgendwann, als ihr die Luft ausging, schwieg sie.

»Könntest du mir bitte eine Tasse Kaffee machen? Ich gehe duschen. Wir können später reden«, entgegnete er.

Eine gelbliche Flüssigkeit bespritzte die cremefarbene Wand. Keramik ging zu Bruch. Die Scherben lagen ihm zu Füßen. Schade, die Teekanne gefiel ihm. Schweigend bückte er sich und hob ihre Überreste auf.

Amelie begab sich wortlos in die Küche. M folgte ihr. Sie schwiegen sich an. Sie spülte zwei Tassen und die Frühstücksbrettchen der Kinder. Sie würdigte ihn keines Blickes. Er lehnte am Kühlschrank, es trennten sie nur wenige Schritte. Es roch nach Spülseife. M's Magen zog sich zusammen, er musste sich zurückhalten. Amelie atmete mehrmals auf und er hoffte, dass sie bald zu ihm sprach. Es war ihm völlig gleich, was sie ihm zu sagen hatte. Er mochte das Schweigen nicht. Sie blieb stumm. Er versuchte den gestrigen Abend zu rekonstruieren. Es kamen ihm einige Szenen in den Sinn, doch sie ergaben kein Gesamtbild. Er vermutete, dass er betrunken gewesen war. Er wusste es, um ehrlich zu sein. Vielleicht, aber nur vielleicht, erinnerte er sich mühelos an alles, was passiert war. Es war Zeit für eine seiner berühmten Metaphern, die sie liebte.

»Meine Fehler sind meine besten Freunde. Sie sind immer dann für mich da, wenn das Leben mir den Rücken kehrt und ich mich schwach fühle. Ich stehe zu ihnen, denn sie lassen mich nicht im Stich. Fehler hinterlassen Spuren. Sie prägen, sie begleiten mich. Es ist schade, wenn du sie als schlecht und unnötig abtust oder behauptest, sie hätten allein negative Folgen. Ich habe viele Freunde, die einiges über mich aussagen. Ich wäre nicht ich, wenn ich sie nicht hätte. Gestern Nacht habe ich eine neue Bekanntschaft gemacht. Ist das nicht schön? Das ist bereichernd!«

Amelie warf das Schwämmchen ins Spülbecken und näherte sich ihm. Ihre Nasenspitze berührte die seine. Ihr Atem roch nach Fleischwurst und Kaffee. M lächelte sie an, unterdrückte aber eigentlich nur krampfhaft den Brechreiz.

»Das sind keine wahren Freunde. Das sind solche Menschen, die dir einreden, es sei in Ordnung, sich danebenzubenehmen. Das sind die, die mit elf schon Kettenraucher sind und dir weismachen wollen, dass du nur mit Kippe im Mund und einem Klappmesser in der Jackentasche angesagt bist. Es ist unsinnig, sich mit solchen Leuten abzugeben, selbst wenn sie im Grunde ganz nett sind. Die helfen dir nicht dabei besser zu werden. Die vermodern in ihrem Loch und bewerfen sich gegenseitig mit Steinen«, erwiderte Amelie ernst.

Mit jedem ihrer Worte pochte sein Herz schneller. Ihre Stimme legte sich warm um seine Schultern und bedeckte sie wie ein Schal an kalten Wintertagen. Er liebte es mit ihr zu reden. Das war schon immer so gewesen. Sie fand die richtigen Worte, die Worte, die zu seinen passten. Er musste ihr nicht erklären, was er meinte. Sie verstand es, doch vor allem – und das faszinierte ihn an ihr – fühlte sie es. Er liebte ihre Stimme so sehr, dass sie ihm all die Jahre gereicht hatte. Sie sprechen zu hören erfüllte ihn mit einer unverwechselbaren Freude. Sie hatten sich viel erzählt. Nur drei Wörter hatten seine Lippen nie ausgesprochen, denn er hielt sie für das Kostbarste, was er besaß. Er fürchtete sich davor, dass er sie, indem er sie aussprach, auf immer verlieren würde.

Er ließ das Gesagte auf sich wirken. Es war keine gute Idee, in seinem Zustand ein solches Gespräch mit ihr zu führen. Dieses zu unterbrechen wäre jedoch weitaus schlimmer gewesen. Nein, er wollte mit ihr reden. Er wollte es wirklich, auch wenn es ihr bestimmt recht schwer fiel dies zu glauben.

»Was, wenn ich solche Freunde brauche, um über mich selbst hinauszuwachsen? Was, wenn ich dir sage, dass das meinen Ehrgeiz weckt? Für dich gibt es nur die anderen. Es sind immer die anderen, die dir Böses wollen und Schuld an deinem Leben sind. Warum nimmst du stattdessen nicht einfach an, dass ich die Kraft besitze, mich abzusetzen? Du gehst davon aus, dass ich mich derart beeinflussen lasse, dass ich in der Gosse lande, oder, um die Geschichte mit den Steinen aufzugreifen, von einem Stein erschlagen werde.«

Sie schüttelte den Kopf und meinte, er rede sich, wie so oft, Dinge schön, die selbst ein Blinder eindeutig als hässlich erkennen könne. Sie ging nicht weiter auf seine Aussagen ein, da sie diese als leeres Gerede bezeichnete. Amelie nahm seinen Worten jegliche Bedeutung, und das erschütterte ihn. Er versank in Gedanken und merkte vorerst nicht, dass sie ihn umarmte. Er erschrak, als er seine Hände auf ihrem Rücken spürte. Entsetzt löste er die Umarmung und trat einen Schritt zurück. Sie seufzte und fasste sich mit beiden Händen an den Kopf.

»Ich kann nicht fassen, dass du hier bist und wir dieses Gespräch führen! Ich kann das alles einfach nicht glauben. Es kommt mir so vor, als seien all die Jahre nie vergangen. Ich fühle mich genauso wie damals, als du ...«

»Lilli, ich möchte nicht darüber reden, wirklich nicht. Es ist doch alles gut, oder etwa nicht? Ich habe gestern Abend halt ein Gläschen zu viel getrunken – da ist doch nichts dabei. Es tut mir leid, dass ich euch Umstände bereite, und ich werde mich gebührend bei euch bedanken, wenn ich was Eigenes gefunden habe«, unterbrach er sie schroff.

»Ich würde nicken, wenn ich dich nicht kennen würde«, eröffnete sie ihm leise.

Ihre Blicke trafen sich. Sie hatte recht. Die ganzen Jahre des Schweigens waren wie weggeblasen. Der Junge mit dem wuscheligen Haar wartete immer noch auf das Mädchen mit den abstehenden Zöpfen. Nur hatte er dieses Mal weder Blümchen noch Schokolade dabei, dafür aber jede Menge anderes Zeug, das sie nicht gebrauchen konnte. Er vermisste ihr Blinzeln, bei dem meist ihre Nasenspitze zuckte, vermisste den Geruch ihrer Hände, wenn sie ihm nach einem langen Schultag, an dem sie ihren Bleistift keine Minute abgelegt hatte, ins Gesicht patschte, um ihn zu ärgern. Am meisten vermisste er jedoch die Zeit, in der er ihr begegnet war. Sie war eine Kette aus Perlen des Augenblicks, ohne Verschluss. Sie gehörte zu einem Leben, dessen Unendlichkeit er sich vor dem Schlafengehen sehnlichst herbeigewünscht hatte. Sie erinnerte ihn an seine Großmutter, deren Verlust er ebenso machtlos verschmerzen musste. Es wunderte ihn, dass viele Menschen versuchten, ihre Gefühle durch Sprache auszudrücken, und sogar der festen Überzeugung waren, es würde ihnen gelingen. Es wunderte ihn nicht, dass er einer von ihnen war. Es ärgerte ihn, dass er sich der Sinnlosigkeit dieses Unterfangens wohl bewusst war und ihm doch nichts anderes einfiel.

Die Jungs stürmten in die Küche und verlangten die Aufmerksamkeit ihrer Mutter. Sie erzählten Amelie von diffusen Träumen, von einem Mann, der aussah wie Onkel M.

Ihr Vater habe sich fürchterlich aufgeregt, und plötzlich sei der Mann, der ihrem Onkel erstaunlich ähnlich sah, krank geworden. Sie waren beide überzeugt, dass sie das alles nur geträumt hatten. Amelie bestärkte sie in ihrer Annahme. Die Kleinen fragten den Onkel, ob er vorige Nacht wirklich nicht krank gewesen sei. Er verneinte und wich ihren neugierigen Blicken aus.

»Ich dachte zuerst, ich sei wach, doch dann kam Papa ins Zimmer, und als ich ihm davon erzählt habe, was ich durch den Türspalt gesehen hatte, meinte er, das sei ein Albtraum gewesen. Er wollte, dass ich weiterschlafe«, berichtete einer von ihnen aufgeregt.

»Ja, ja, ja! Ich habe das auch gesehen und Papa hat mir das auch gesagt«, bestätigte sein kleiner Bruder.

»Papa würde euch nie anlügen. Das war ein Traum. Macht euch keine Sorgen, eurem Onkel geht es gut. Er hilft euch jetzt dabei eure Sporttaschen zu packen, nicht wahr?«, versicherte sie ihnen.

M hätte ihnen gerne die Wahrheit gesagt, doch er ahnte, dass sie zu jung waren, um sie zu verstehen. Er bezweifelte, dass sich diese Lüge bedeutend auf ihr Leben auswirkte, dennoch beunruhigte ihn ihr Vertrauen. Sie glaubten ihnen, weil sie sie liebten, weil sie dachten, sie seien weise und deswegen ehrlich. Sie kannten keine anderen Wahrheiten als die ihrer Eltern. Er kannte als Kind weder den Nikolaus noch den Osterhasen, und das war auch gut so. Dafür erzählte man ihm viele Geschichten. Es gab nur eine Person, von der er glaubte, sie habe ihn angelogen.

Amelie wies M darauf hin, dass im Bad Kleidung für ihn bereitlag. Sie bat ihn duschen zu gehen und den Kindern anschließend behilflich zu sein. Es missfiel ihm nicht, dass sie ihn herumkommandierte. Es war schließlich nie anders gewesen. Nicht, weil er sich nicht wehren konnte oder keine eigene Meinung hatte, sondern weil er es liebte ihre Stimme zu hören. Vor allem, wenn sie sich an ihn wendete. Er wunderte sich nicht darüber, dass er einen alten Anzug seines Bruders tragen sollte. Er war eher verdutzt, dass der ihm passte.

»Habt ihr denn Lust auf Sport?«, fragte er die Kinder, als sie ihr Zimmer gemeinsam betraten.

Die Kleinen machten große Augen und gaben zeitgleich preis: »Mama sagt, dass Fußball gut ist für Kinder.«

»Das stimmt natürlich, wenn Mama das sagt. Macht euch das Spielen denn Spaß?«, erkundigte M sich.

Der Ältere von beiden tat so, als würde er einen Ball treten, und rief: »Bam! Bam! Bam!« Er warf dabei die Arme in die Luft und rannte von einer Wand zur anderen. Sein kleiner Bruder beobachtete ihn dabei stumm. Nach einer Weile schüttelte er genervt das Köpfchen und sprach trocken, das sei doch albern. Er fragte seinen Onkel stattdessen ganz sachlich und ernst, ob er sich ihre Spiele am Sonntag anschauen würde. Seine Mannschaft spiele morgens, die seines Bruders am Nachmittag. M lächelte, denn noch nie zuvor hatte ihn jemand so aufrichtig und ohne Hintergedanken um etwas gebeten.

»Natürlich, wenn ihr mich dabeihaben wollt«, lautete seine Antwort.

Der Junge spitzte die Lippen und verschränkte die Arme vor der schmalen Brust. Er fasste sich mit dem Zeigefinger an den Mund.

»Ja, du darfst kommen. Du kannst dem Trainer sagen, dass ich dich eingeladen habe«, verkündete er.

M klatschte erfreut in die Hände und bedankte sich. Der Kleine winkte ab, das sei doch selbstverständlich. Der andere lief immer noch wild durch die Gegend. M fing ihn ein, hob ihn hoch und setzte ihn auf seinen Schultern ab. Seinen anderen Neffen nahm er bei der Hand.

»So, jetzt zeigt ihr mir, wo eure Sportsachen versteckt sind!«, forderte er die Jungs auf.

Diese quatschten sofort wild drauflos. Sie lotsten ihn zum Kleiderschrank. Es wunderte ihn, dass dieser Raum als Kinderzimmer genutzt wurde. In diesen vier Wänden hatte sein Großvater für immer die Augen geschlossen. Dort, wo er ihn für immer verloren und zum ersten und letzten Mal ihre Tränen gesehen hatte, parkten nun zwei Autos. Es waren die Betten der Jungs. Die hellblauen Wände, die vielen Spielzeuge, die auf dem Boden herumlagen, ließen ihn aufatmen. Es beunruhigte ihn, dass dem so war.

»Lasst uns was Tolles spielen! Wer seine Tasche zuerst gepackt hat, bekommt nach dem Training ein Eis. Ich lege euch den Kram raus, bei drei geht's los«, lenkte M sich ab.

Die Neffen schrien begeistert auf und nahmen schon bald ihre Startposition ein. Sie hetzten zu ihren Taschen, packten eifrig ihre Hosen, Oberteile und Schuhe ein, warfen Badetücher und Seife hinterher, als die Zahl »drei« ertönte. M feuerte sie an und kommentierte das Geschehen.

»Die Taktik von Spieler A scheint aufzugehen: Er schmeißt alles auf einmal in die Tasche. Doch was sehe ich da? Spieler B tut es ihm gleich! Das wird spannend! Wer schließt den Reißverschluss am schnellsten? Alles hängt von der Ausdauer ab. Spieler A verschafft sich einen leichten Vorsprung und ... Ja! Gewonnen! Spieler A krallt sich das Eis!«

Der blonde Junge, der Jüngere von den beiden, schwang die Ärmchen in die Luft und jubelte. Der Verlierer brach in Tränen aus. Er sank zu Boden und schnaufte. Er empfand seine Niederlage als ungerecht und unterstellte seinem Bruder, geschummelt zu haben.

»Herr Gewinner, was meinen Sie, sollen wir der Heulsuse auch ein Eis kaufen? Es werden bei jedem großen Turnier Trostpreise verteilt«, beruhigte er das weinende Kind.

»Ja, er darf auch ein Eis haben. Doch ich habe trotzdem gewonnen«, willigte der Sieger mürrisch ein.

M klopfte dem Verlierer anerkennend auf die Schulter. Er sprang erfreut auf und führte einen peinlichen Siegestanz auf. M mochte es nicht, wenn Kinder tanzten. Er konnte sich diese Abneigung nicht genau erklären. Er hatte noch nie mit jemandem darüber gesprochen, weil er davon ausging, dass niemand ihn verstand. Doch diese kleinen, unkontrolliert zuckenden Körper widerten ihn an.

»Schlagt ein, Jungs – das war spannend!«, lobte M die beiden und hob seine großen Hände.

Die Kleinen gaben ihm fünf und hängten sich die Taschen um. Amelie stand im Türrahmen und winkte sie zu sich. Er wusste nicht, wie lange sie die drei beobachtet hatte. Lilli ...

»Es tut mir leid, dass es so lange gedauert hat, aber ich dachte, ich ...« M verschränkte die Arme hinter dem Kopf.

»Ach, das ist halb so wild«, beruhigte sie ihn.

Die Kinder flehten ihn an mitzufahren. Amelie hatte nichts dagegen einzuwenden. So folgte M der Familie ins

Auto. Kurz bevor sie einstiegen, bedankte Amelie sich bei ihm. Er fragte, wofür. Sie schaltete das Radio an und ließ ihn einmal mehr ohne Antwort zurück.

Sie winkten den Kindern zu, als sie aus dem Wagen stiegen. M öffnete das Fenster, um mit seiner bloßen Hand den Wind einzufangen. Er schloss die Augen. Eine fremde Stimme fragte ihn singend, ob er denke, es habe sich nichts verändert. Amelie schaltete das Radio aus. Sie regte sich über unfähige Autofahrer auf und schlug mit beiden Händen aufs Lenkrad. M unterstützte ihren Wutausbruch, zeigte dem unbekannten Fahrer den Mittelfinger und beschimpfte ihn als Trottel.

»Erzähle mir von dir. Was hast du die letzten Jahre getrieben? Hast du eine Freundin?«, fragte sie ihn.

Er hasste es, wenn sie ihn vor diese Entscheidung stellte. Es war ungerecht ihm solch eine Frage zu stellen. Es war eine Lüge, zu behaupten, er habe nach ihr keine Frau mehr angesehen. Doch wie konnte er sie davon überzeugen, dass er dies mit anderen Augen getan hatte, ohne ihr zu sagen, was er ihr seit Jahren verschwieg? Er wusste, dass sie diese Frage stellte, ohne sich vor der Antwort zu fürchten. Natürlich hoffte er irgendwo, dass es sie kränkte, wenn er Namen nannte, aber genauso war ihm bewusst, dass dem nicht so war. Es war unausstehlich, die Gewissheit zu haben, dass sie ihm alles Glück der Welt wünschte und sich über eine Partnerin an seiner Seite gefreut hätte. Es ekelte ihn wahrhaftig an, dass sie nicht enttäuscht war, dass sie keine Frau, die er berührte, um ihn beneidete. Er konnte nicht, er wollte nicht mit ihr darüber reden.

»Nichts Bedeutendes«, brachte er hervor.

M starrte aus dem schmutzigen Fenster. Er dachte an nichts, jedenfalls an nichts Nennenswertes, an nichts, was mit Lilli oder ihrer Frage zu tun hatte.

»Wo hast du denn zuletzt gelebt und gearbeitet? Es ist befremdlich nicht zu wissen, was aus dir geworden ist. Ich habe oft an dich gedacht, an uns. Wir hatten eine tolle Kindheit.«

M räusperte sich und hielt wenige Augenblicke die Luft an. Er hatte den irrsinnigen Wunsch, auf der Stelle zu sterben. Er konnte sich diese Sehnsucht unschwer erklären. Sie saßen im Wagen seines Bruders, fuhren ihre Kinder zum Training und unterhielten sich wie alte Bekannte. Sie redete über ihre gemeinsame Kindheit, betrachtete ihn wie ein Bilderbuch, das sie irgendwann einmal gelesen und nun auf dem Dachboden wiedergefunden hatte. Sie blätterte darin vor und zurück, als würde die Geschichte sie nicht betreffen. Amelie sprach zu ihm, nicht Lilli. Das Mädchen mit den abstehenden Zöpfen gab es nicht länger. Lilli hätte nicht krampfhaft versucht ein Gespräch mit ihm zu führen. Sie hätte ihm in seiner Einsamkeit Gesellschaft geleistet und sein Schweigen angenommen, wie ein Geschenk, anstatt es gewaltvoll mit Worten zu brechen. Diese Luft einzuatmen, die Luft, die er sich mit Amelie teilte, sollte nicht länger seine Lungen verpesten. Sein Instinkt rettete ihn ein weiteres Mal, zum Glück!

Das Auto kam vor einem Bürogebäude zum Stehen. Das Brummen des Motors verstummte. M blickte zur Fahrerseite. Amelies Augen waren wässrig, so als hätte sie eben geweint. Er freute sich über den Anblick ihrer gespitzten Lippen und über ihr offenes, langes Haar. Er fand Gefallen an ihren erröteten Wangen, an ihren Grübchen, an den schmalen Händen, die auf ihren Oberschenkeln ruhten. Sie erinnerte ihn an Lilli, zwangsläufig auch an Os, dessen emotionale Rede von damals ihm in den Sinn kam.

Du musst doch wissen, warum sie nicht mehr mit mir zusammen sein will. Du bist ihr bester Freund! Erzähl mir nicht, dass ihr nie über mich gesprochen habt.
Stille.
Du bist mein Bruder! Komm schon, ich werde komplett wahnsinnig, wenn mich nicht bald jemand aufklärt!
Os, du hast ihr einen Heiratsantrag gemacht. Ich glaube, das hat sie verschreckt, auch wenn sie dich wirklich von ganzem Herzen liebt. Sie ist siebzehn.
Aber warum denn? Das ist doch der schönste Liebesbeweis, den es gibt! Ich habe ihr damit doch nur zeigen wollen, dass ich mein restliches Leben an ihrer Seite verbringen möchte.
Schweigen. Schluchzen.
Die Idee ist veraltet. Du kannst ihr einen viel schöneren, bedeutenderen Beweis deiner Liebe erbringen. Was ist denn schon so ein popeliger Antrag, den du genauso schnell zurücknehmen kannst?
Du kannst dir nicht vorstellen, wie sehr ich sie liebe. Sie ist nicht das Erste, woran ich denke, wenn ich morgens wach werde, und auch nicht das Letzte, was ich sehe, bevor ich einschlafe. Sie ist alles dazwischen! Ich erkenne sie in jedem Lachen, in jeder freundlichen Geste. In meiner Fantasie hält sie ein Kind in den Armen, das sie unseres nennt. Sie fragt, wann ich meine berühmten

Spaghetti koche (die sind wirklich köstlich!) und ob ich den Müll schon rausgetragen habe. Verstehst du? Wir wissen beide, dass ich kein Romantiker bin und wohl nie einer sein werde. Das mit Amelie ist etwas anderes.
Brüderliches Schulterklopfen.
Ich kann gern noch mal mit ihr darüber sprechen, aber ich denke nicht, dass sie ihre Meinung ändern wird. Du weißt, wie sie ist.

M verlor sich in den Nadelstreifen seines Jacketts. Eigentlich hätte er nicht lachen sollen, als er wenige Tage später selbst um ihre Hand angehalten hatte. Für ihn war das kein Scherz gewesen.

Lilli?
Ja?
Willst du mich heiraten?
Lachen. Sie schüttelte ihr Haar.
Willst du?
Er lachte, wenn auch etwas zögerlich. Als sie gar nicht mehr aufhören konnte zu kichern, wusste er, dass dies für sie auf ewig nur eine Scherzfrage sein konnte.

»Du wunderst dich bestimmt über den Anzug«, unterbrach Amelie seine Erinnerungen.

Er verneinte: »Es war klar, dass ihr mich sofort zu einem Vorstellungsgespräch zerren würdet. Ich frage mich nur, wie ihr das immer wieder auf die Schnelle hinkriegt. Manche Menschen suchen jahrelang nach einem neuen Job.«

»Dein Bruder kennt die richtigen Leute, und außerdem sind wir ja alle hier groß geworden. Man kennt sich halt. Das sind die Vorteile einer Kleinstadt.«

Sie stieg aus, die Tür fiel geräuschvoll ins Schloss. Amelie zog ihre enge Jeans zurecht, die bis zum Bauchnabel reichte. Sie band ihre Haare zu einem Dutt zusammen, der sich unförmig von ihrem Hinterkopf absetzte.

»Ich fühle mich etwas überrumpelt, muss ich sagen. Ich möchte nicht zu diesem Treffen. Wer sagt, dass ich eine Arbeit suche, geschweige denn, dass ich vorhabe auf Dauer in der Stadt zu bleiben? Woher nehmt ihr euch die Freiheit, über mein Leben zu entscheiden? Ich finde es erschreckend, was ihr euch erlaubt!«, richtete er das Wort an Amelie, als auch er den Wagen verlassen hatte.

Er war heiser, seine Stimme kratzig und sein Tonfall von einer Härte, die er nicht zu beschreiben vermochte. Er ließ sich auf der Motorhaube nieder und löste den Knoten seiner Krawatte. Der glatte Stoff streifte seine Finger, lag in seinen Händen wie das Schicksal eines anderen. Amelie schwieg.

»Ernsthaft, was denkt ihr euch denn dabei? Ich bin doch kein Kleinkind, das man an der Hand nehmen muss!«

Die Kieselsteinchen vor seinen spießigen Lackschuhen passten ihm nicht. Er trat sie mit der Fußspitze. Immer diese Steine! Die lagen überall rum.

»Wir wollen doch nur helfen. Du bist zu uns gekommen, weil du keinen anderen Ausweg kennst. Du brauchst dich nicht bevormundet zu fühlen. Niemand behauptet, dass du allein nicht klarkommst, aber du suchst offensichtlich nach Unterstützung, und die wollen wir dir geben.«

M kämmte sein lockiges Haar mit den Fingern nach hinten und verschränkte dann wie ein trotziges Kind die Arme vor der Brust. Die Krawatte hatte er zusammen mit den Kieselsteinen zur Seite geschafft. Er schaute die fremde Frau an, die ihm zu verstehen gab, dass sie es nur gut mit ihm meinte. Die Unbekannte, die ihm versicherte, dass sie ihn als eigenständigen Menschen wahrnahm, prüfte nervös die Uhrzeit.

»Versprichst du mir ein Eis, wenn ich mitkomme?«, scherzte er.

Sie schmunzelte nicht. Ihr Gesicht blieb regungslos. Allein das natürliche Zwinkern ihrer Augen verriet, dass sie noch lebte. M richtete sich langsam auf, streckte sich und krempelte dann die Ärmel seines Jacketts hoch. Er stellte – und das nicht zum ersten Mal – fest, dass er ziemlich gut aussah. Schöner war sein Gegenüber.

»Du willst dir das Angebot nicht einmal anhören? So ein Gespräch schadet ja nicht«, versuchte sie es weiter.

Er lachte lauthals.

»Ach, Lilli, was soll das denn? Das ist doch albern! Danke, danke für deine Hilfe, aber nein, ich möchte nicht. Ich danke dir auch fürs Fahren. Ich wollte eh in die Stadt. Wir sehen uns heute Abend«, lehnte er ihren Vorschlag ab.

Amelie atmete auf. Sie wirkte bedrückt, ging nicht auf ihn zu, schaute ihn nicht an. Sie sprach kein Wort, sondern zog sich ins Auto zurück. M klopfte mit beiden Fäusten an das geschlossene Fenster. Er wollte ihr noch etwas Wichtiges sagen. Doch als sie es runterließ, die Augen auf den Boden gerichtet, hatte er es vergessen. Sie schwiegen sich wenige Sekunden an, dann fuhr sie davon, ohne ihn. M winkte, denn er wusste nicht, was er sonst hätte tun sollen. Er kam sich lächerlich vor, besonders wegen dieser winkenden Hand, die sich herrenlos im Himmel verirrte. Als der Wagen außer Sichtweite war, fiel ihm ein, was er ihr noch hatte erzählen wollen.

Nebensächlich

Ihre Wohnung war nur einige Gehminuten von dem Parkplatz entfernt, auf dem Amelie ihn zurückgelassen hatte. Er klingelte gelassen, ohne Reue. Es dauerte, bis sie die Tür öffnete und ihm um den Hals fiel. Sie trug ihr schwarzes Haar nun kurz, zur Seite gekämmt. Hätte er es nicht besser gewusst, er hätte sie für einen Jungen gehalten. Sie war bedeutend kleiner als er. Ihr schmaler Körper fühlte sich in seinen Armen so wehrlos und schwach an, als könnte er ihr mit einer festen Umarmung alle Knochen brechen. Er legte seine Hände um ihre Hüften, die unter seinen Berührungen zu verschwinden drohten.

»Wo bist du so lange gewesen?«, flüsterte ihre kindliche Stimme.

Sie richtete diese Frage an ihn, als hätte er nur eben eine Schachtel Zigaretten geholt und sich dabei verspätet. Dabei lagen mindestens sechs Monate zwischen dieser Umarmung und ihrer letzten Begegnung. Sie schaute lächelnd zu ihm auf. Er erwiderte ihre Freude nicht, obwohl er wusste, dass sie sein Lachen liebte. Er schämte sich für den Gedanken, dass ihre Liebe ihn wenig kümmerte. Sie gewährte ihm bereitwillig den Eintritt in ihre Wohnung und später auch in ihr Schlafzimmer. Er hielt ihren nackten Körper, als sie wissen wollte: »Warum bist du zurückgekommen? Bleibst du?«

Vielleicht log er, wenn er schrieb, dass er keine Reue empfand, als er bei ihr klingelte. Vielleicht redete er sich nur ein, dass nichts dabei war. Sie waren sich vor Jahren in einem herabgekommenen Nachtclub begegnet, den sie beide freiwillig aufgesucht hatten, um auf niemanden zu treffen, den sie vermissten. Ihre gemeinsame Sehnsucht, sich vom Vertrauten zu entfernen, brachte sie einander näher, ohne sie jemals zu vereinen.

»Das kann ich dir nicht sagen, Lou. Ich weiß es nicht. Ich kann nicht behaupten, dass es geplant war, dass ich wollte, dass es so kommt. Doch vom Gegenteil kann auch nicht die Rede sein«, versuchte er seine Anwesenheit zu erklären.

Sie legte sich auf den Bauch und stützte sich auf den Ellenbogen ab. M berührte ihre weiche Wange mit seinem Daumen, vorsichtig, als fürchtete er sich davor sie zu beschmutzen. Lou erwiderte seine Berührung, indem sie ihn fragend anstarrte. In ihrem Blick lag eine tiefe Zufriedenheit, die M erschütterte. Sie war ein genügsamer Mensch, der sich über eine grüne Ampel freute wie manch andere über den Fund eines Geldscheines. Sie verlangte nichts, von niemandem. Lou lachte immer, und es war ihr nicht einmal peinlich. Sie war keiner dieser Menschen, die ständig gut gelaunt sind und sich jedem mit ihrer Freude aufdrängen. Sie war still und zurückhaltend, doch sprach man sie an, schenkte sie einem ein breites, fröhliches Lächeln. Es war unmöglich, in ihrer Gegenwart schlechte Laune zu haben.

»Ich habe dir nichts versprochen, oder?«, fragte M.

»Nein, mein Lieber, das hast du nicht. Ich würde sowieso keins deiner Versprechen annehmen. Zwischen ›versprechen‹ und ›sich versprechen‹ besteht ohnehin kein großer

Unterschied. Die Frage, ob du bleibst, hat allein organisatorische Gründe. Ich fliege morgen nach Australien, für drei Jahre. Du könntest hier wohnen.«

»Du liebst mich nicht?« Er schluckte.

Sie schmunzelte verschmitzt und drehte sich auf den Rücken. Die weißen Bettlaken versteckten ihre blasse Haut, ihre wenig weibliche Figur. Lou reichte ihm eine Hand, nach der er griff, und führte sie an ihre Wange. Sie verlangte, dass er sie streichelte. Er schaute sie verstört an, verstand nicht, was sie ihm damit sagen wollte. Sie offenbar auch nicht, denn als er ihre zarte Haut unter seinen Fingern spürte, sprang sie auf. So stand sie vor ihm. Nackt, mit dem Rücken zur Wand. Er verzog die Augenbrauen und runzelte die Stirn.

»Willst du, dass ich dich liebe?«, entgegnete sie frech.

M fehlte die Antwort auf diese Frage. Um ehrlich zu sein, hatte er sich noch nie Gedanken darüber gemacht, ob Lou ihn liebte oder nicht. Er war davon ausgegangen, dass dem so war. Warum sonst hätte sie ihn nicht für sein wiederholtes Verschwinden verurteilt? Sie zog ihren weiten, dunkelblauen Kapuzenpullover und ihre Jogginghose an, während sie ihn beobachtete.

»Lou, ich dachte, das zwischen uns sei ganz unkompliziert und offen. Ich habe nicht damit gerechnet, dass wir irgendwann über Gefühle sprechen und uns Dinge eingestehen müssen.«

»Das war nicht meine Absicht. Ich glaube, ich könnte dich niemals lieben, unter keinen Umständen. Ich muss dich ja auch nicht lieben. Es gibt genügend Menschen auf der Welt, die das für mich erledigen.«

»Wieso hast du dich denn so über meine Rückkehr gefreut und mit mir geschlafen? Muss ich dafür zahlen, oder was?«

Ihr gesamter Körper bebte unter ihrem schallenden Gelächter. Sie applaudierte diesen unerhörten, lächerlichen Worten.

»Nein, mein Lieber! Ich genieße lediglich das Leben in vollen Zügen. Warum sollte ich das Verlangen eines so attraktiven Mannes ablehnen? Wir kennen uns ja auch schon eine Weile. Ich dachte, wir sind über diese Beziehungsebene hinweg und müssen uns nicht jedes Mal erklären, bevor wir uns unseren Gefühlen hingeben. Es wundert mich, dass du plötzlich so eine beschränkte Sichtweise auf Sex hast.«

M widersprach ihr und meinte, er habe nur nachfragen wollen, damit keine Missverständnisse entstehen. Sie verneinte kopfschüttelnd und zündete sich eine Zigarette an. Sie erzählte ihm von ihrem Job in Australien und davon, dass sie dort bei Verwandten unterkommen wolle. Er hörte ihr zu, ohne nachzuhaken. Den Vorschlag, in ihrer Wohnung zu leben, lehnte er mit der Begründung ab, er habe ein Zuhause. Warum auch immer sie einem Typen, der sie nur alle sechs Monate für eine schnelle Nummer besuchte, ihre Wohnung anbot. Als sie sich verabschiedeten, küsste er ihre Stirn und hielt sie mit der Gewissheit fest, dass er sie nie wiedersehen würde. Sie lächelte, als er ging, und winkte ihm zu, bis er aus ihrem Leben trat, ohne Spuren zu hinterlassen. Er hatte ihr nichts versprochen.

Der kleine Bruder

»Bist du eigentlich komplett durch? Du kannst doch nicht sturzbesoffen hier aufkreuzen und die Marmorsteine vollkotzen! Es ist einfach unfassbar, was du dich traust! Du weißt ja wohl, wie viel Alkohol du verträgst! Ich musste die Jungs anlügen, damit sie keinen falschen Eindruck von ihrem Onkel bekommen. Ich hoffe doch sehr, dass so was nicht mehr vorkommt!«, spielte Os sich auf.

M schaute Fernsehen, trank Bier und hatte, wie so oft, nicht das Bedürfnis sich zu rechtfertigen. Er war die ganzen Begründungen sowieso satt. Er hatte das Gefühl, sich ständig vor irgendwem für seine Gewohnheiten, für seine Ansichten, für alles, was ihn auszeichnete, rechtfertigen zu müssen. Es interessierte die Menschen, warum er sich ernährte und wie er sich ernährte. Sie wollten wissen, warum er seine Hose so trug, wie er sie trug. Sie hinterfragten, was er dachte, was er sagte und vor allem, wie. Jeder wollte erfahren, wieso, wann und wo. Er war es leid. Os nahm ihm das Bier ab und klopfte ihm aufmunternd auf die Schulter. Er sah ihrem Großvater erschreckend ähnlich.

Kurzer, hör auf deinen Bruder, der hat immer recht.
Schulterklopfen.

M wich seinen wohlwollenden Blicken aus. Os setzte sich neben ihn, griff nach der Fernbedienung und schaltete den

Fernseher aus. M schnaufte genervt. Sein Bruder erzählte ihm eine Anekdote, die er nicht hören wollte. Er erteilte ihm Ratschläge, nach denen er nicht gefragt hatte. So war er, sein Bruder. Immer versuchte er ihn zu belehren. M wunderte sich, wo er all diese Weisheiten hernahm. Os wusste über alles Bescheid, auch wenn er das Betreffende nie selbst erfahren hatte.

Amelie betrat den Raum. Os spitzte die Lippen. Er verlangte einen Begrüßungskuss, den seine Frau ihm sofort gab. Er betrachtete sie mit Augen, die M ihm am liebsten schon vor Jahren aus dem Schädel gepresst hätte. Sie trieften vor Glück, vor gegenseitiger Bewunderung, vor bedingungsloser Liebe. Os schaute sie lüstern an, wie ein hungriger Löwe ein Stück rohes Fleisch verschlingt, das man ihm vor die Schnauze hält. Und das nach all den Jahren! M wunderte sich nicht darüber, dass sein Bruder sie so ansah. Es wäre ihm allerdings vieles leichter gefallen, wenn Os nicht der Richtige für Lilli gewesen wäre. Sie sah bezaubernd aus in ihren abgenutzten Hausschuhen aus Plüsch und ihrem altmodischen Trainingsanzug.

»Wie war es denn eigentlich bei Alex?«, fragte Os die beiden, seine Frau an sich drückend.

Betretenes Schweigen. M räusperte sich, Amelie küsste seinen Bruder erneut, um Zeit zu gewinnen. Sie warf ihm dabei einen irritierten Blick zu, den er ratlos erwiderte. Es war so klar, dass sie ihm Alex Neu vorstellen wollten! Os' Sandkastenfreund leitete seit Jahren eine erfolgreiche Baufirma.

»Dein Bruder kann dir davon erzählen«, überließ sie M die Entscheidung zwischen Lüge und Wahrheit.

Es war eigentlich nichts dabei zuzugeben, dass er nicht zu dem Vorstellungsgespräch erschienen war. Er wusste nur nicht, wo er stattdessen gewesen sein sollte, wenn sie ihn danach fragten. Die Wahrheit wollte er ihnen nicht erzählen. Er sprach eigentlich ungern über Menschen, die ihm nichts bedeuteten. Os und Amelie schauten ihn erwartungsvoll an. Amelie war schon immer eine begnadete Schauspielerin gewesen. Es war schade, dass sie ihre Karriere aufgrund der Schwangerschaft für unbestimmte Zeit aufgegeben hatte. Sie arbeitete seither offensichtlich gar nicht mehr, worüber M erstaunt war. Damals war sie davon überzeugt gewesen, dass sie nie ein braves Hausmütterchen werden würde. Er musste die Idee wohl aufgeben, dass sie was mit seiner Lilli gemein hatte.

»Ich muss kurz auf die Toilette«, murmelte M.

Aus unerklärlichen Gründen endete der angekündigte Toilettengang vor der Haustür.

Er sammelte unterwegs ein paar Äste und eine Kastanie auf, die er zufällig unter feuchtem Laub entdeckte. Heute wollte er ihr eine ganz bestimmte Geschichte erzählen. Eine, die sie erfunden hatte. Er dachte auf dem Weg ins Pflegeheim recht wenig über das Geschehene nach. Sie suchten ihn nicht, dessen war er sich bewusst. Das störte ihn auch nicht. Er war verärgert, doch er konnte diese Wut an nichts festmachen. Diese unbändige Wut war ein merkwürdiges Gefühl. Sie war auf nichts gerichtet, jedenfalls auf nichts, worüber er sich wirklich hätte aufregen wollen. Er war wütend, richtig wütend. Immer wieder blitzte der Gedanke an sie auf. Immer wieder erinnerte er sich an Sätze, die sich im Rückblick als so platt und fadenscheinig erwiesen, dass er sich für seine Leichtgläubigkeit schämte.

Ekki stand mit einem Wischmopp in der Hand vor dem Heim und rauchte. Er begrüßte M nicht, sondern ließ ihn wortlos an sich vorbeilaufen. Er schaute sogar weg. M zuckte bei seinem Anblick kurz zusammen. Es war ungewohnt seinen Freund im Pflegeheim anzutreffen. Er musste sich erst noch mit der Tatsache abfinden, dass er fortan hier angestellt war. Was für ein Trottel! Er hielt sich für etwas Besseres, jetzt, wo er glücklich war. Zur Hölle mit ihm ... Er war aus Prinzip an allem schuld, er und seine bescheuerte Idee von Glück.

Über Igel

»Sie haben ein Märchen bestellt?«, erkundigte er sich bei der alten Dame.

Großmutter schaute ihn verwirrt an und schüttelte verneinend den Kopf. Das graue Haar fiel ihr ins Gesicht, die tiefen Falten versteckten sich hinter den hauchdünnen Strähnen.

»Ach, das waren gar nicht Sie? Das wundert mich aber nun! Sie wissen, dass es den Mitarbeitern der Märchen AG ein besonderes Anliegen ist, den persönlichen Kontakt zu den Kunden zu pflegen. Ich bin überzeugt davon, dass Sie die Kundin sind, die ich suche!«

Er setzte sich an das Bettende und lächelte sie freundlich an. Sie schüttelte immer noch leicht den Kopf und meinte, sie habe nichts bestellt. Anschließend berichtete sie müde von ihrem Tag im Pflegeheim. Es war die Rede von Gymnastikkursen, an denen sie nur ungern teilnahm, und von Ratespielen. Sie verstummte mitten im Satz.

»Da kommt eine Geschichte doch gerade recht, oder etwa nicht? Sie lehnen sich zurück, entspannen sich und ich erzähle Ihnen was Schönes!«, schlug er vor.

»Was wollen Sie von mir? Wer schickt Sie?«, misstraute sie ihm.

»Ich bin ein neuer Mitarbeiter des Hauses. Ich bin heute bei Ihnen, um Ihnen ein schönes Märchen zu erzählen. Vorausgesetzt, Sie möchten das«, lenkte er ein.

Er wäre lieber bei der Geschichte mit der Märchen AG geblieben, doch er merkte, dass sie zu weit weg war, um ihn zu verstehen. Sie schien erschöpft zu sein. Die violetten Verfärbungen unter ihren Augen ließen sie krank aussehen. Er fragte sich, ob es besser wäre, sie nicht mehr zu besuchen. Es wäre schade gewesen, wenn seine Geschichten sie mehr in Aufregung versetzen würden, als ihm lieb war.

»Ja, gut, dann erzählen Sie!«, nuschelte sie schläfrig.

Er versicherte ihr, dass sie ihre Entscheidung nicht bereuen würde. Folgendes trug er vor, nachdem er sich aufgerichtet und vor dem Bett positioniert hatte:

»Es gab einmal einen kleinen, unglücklichen Fuchs. Seine Familie bewohnte einen schmalen Fuchsbau inmitten des schönsten Waldes, den die Tierwelt je gesehen hat. Täglich besuchte der kleine Fuchs zusammen mit seinen Brüdern die Schule, die sich gleich hinter dem nächsten Tannenbaum befand. Der Unterricht bereitete allen viel Spaß, denn man lehrte sie ganz unterschiedliche Dinge. Sie durften sich recht früh an der Jagd versuchen, und man genehmigte ihnen regelmäßig kurze Verschnaufpausen, in denen sie sich ausruhen oder eine Runde spielen durften. Der kleine Fuchs war jedoch bald von seinen Artgenossen gelangweilt. Gerne schielte er zu den Igeln und den Hirschen, die viel lustigere Spiele kannten und sowieso schöner aussahen. Er bewunderte die zahlreichen Stacheln der Igel und das prunkvolle Geweih der Hirsche. Dem kleinen Fuchs war elend. Er wollte auch etwas Besonderes sein. Man konnte ihn um nichts beneiden. Abends, wenn seine Mutter ihm eine gute Nacht wünschte, fragte sie ihn oft, warum er so unglücklich sei.

›Ich wäre so gern ein Hirsch oder ein Igel‹, schluchzte der Fuchs dann.

Die Mutter regte sich fürchterlich über diese Aussage auf. Sie konnte nicht nachvollziehen, warum jemand kein Fuchs sein wollte. Füchse waren doch großartig! Sie hielt die Sorgen ihres Sohnes für ein Hirngespinst, und so blieb der kleine Fuchs mit seinem Kummer allein.«

M klemmte die Äste unter sein weißes Hemd. Die spitzen Enden ragten hinter seinem Kopf hervor. Die Kastanie hielt er mit seinem Zeigefinger an der Nase fest.

»Er schlich zum Häuschen der Igelfamilie und klopfte zaghaft an die Tür.

›Du bist aber ein großer Igel!‹, wunderte sich der Igelvater, der ihm als Erster begegnete.

Die Igelchen brüllten wild durcheinander, dass das ein Fuchs sei, der sie alle auffressen wolle. Der kleine Fuchs zuckte zusammen. Warum hatten denn alle solche Angst vor ihm?

›Sehe ich nicht aus wie ein Igel?‹, fragte er enttäuscht.

Die versammelte Igelfamilie lachte ihn aus. Verflogen war ihre Furcht vor dem niedergeschlagenen Fuchs.

›Nur weil du dir ein paar Äste umgebunden und dir eine Kastanie auf deine Schnauze geklebt hast, bist du noch lange kein Igel! Es ist eine Frechheit, dass du uns auf unsere Stacheln reduzierst!‹

Traurig zog der Fuchs davon. Ein Igel konnte er nicht sein, doch vielleicht ein Hirsch! Am nächsten Tag bastelte er sich ein Geweih aus Holz und stolzierte mit seiner Kopfbedeckung in die Schule.«

M warf die Kastanie aufs Bett. Die Äste legte er nun an seine Schläfen und hielt sie dort fest.

»Seine Klassenkameraden tuschelten drauflos, als sie ihn erblickten. Er vernahm hier und da Gelächter.

›Wie siehst du denn aus?‹, zogen sie über ihn her.

Die Hirsche waren auf ihn aufmerksam geworden und kamen herbei.

›Sehe ich nicht aus wie ein Hirsch?‹, seufzte er entmutigt.

›Nein, überhaupt nicht! Es reicht nicht aus, ein Geweih zu tragen, um ein Hirsch zu sein!‹, lautete die vernichtende Antwort der Hirsche.

Ein Hirsch konnte er also auch nicht sein! Dabei bemühte er sich so sehr darum, wie ein anderes Tier auszusehen! Nichts an ihm schien ihn zu begeistern. Sein Fell war ihm zu rot, seine Pfoten zu flauschig und seine Schnauze zu lang. Füchse zählten für ihn zu den hässlichsten Tieren des Waldes. Es kümmerte ihn nicht, dass niemand seine Ansicht teilte. Er versank in Selbstmitleid. Es war ungerecht, dass die anderen haben konnten, was er sich sehnlichst wünschte.«

M legte seine Verkleidung ab und stellte sich ans Fenster.

»Doch eines Tages traf er auf dem Schulweg eine außergewöhnliche Eule. Sie trug einen schwarzen Umhang. Unter ihrem Schnabel lugten spitze Stückchen aus Nussschalen hervor.

›Wie siehst du denn aus?‹, sprach der kleine Fuchs sie verdutzt an.

›Wie eine Fledermaus!‹, klärte die Eule ihn selbstbewusst auf.

Der kleine Fuchs gestand, dass er sie für eine Eule gehalten habe.

›Hast du das? Ich würde mir an deiner Stelle schleunigst eine Brille besorgen!‹, kreischte diese daraufhin.
›Hast du die Fledermäuse denn schon gefragt, ob sie damit einverstanden sind? Haben sie dir gesagt, dass du zu ihnen gehörst?‹, hakte der Fuchs nach.
Die Eule brach in schallendes Gelächter aus und sprach: ›Wenn du die Meinung anderer Tiere brauchst, um du selbst zu sein, kannst du dich gleich hinter dem nächsten Misthaufen vergraben! Ich frage niemanden um Erlaubnis, um auszusehen und zu sein, wie es mir gefällt. Ich weiß, dass ich eine Eule bin. Ich weiß aber auch, dass ich gern wie eine Fledermaus aussehen würde. Das eine schließt das andere keinesfalls aus. Das ist weder unnatürlich noch falsch.‹
Der kleine Fuchs traute seinen Ohren nicht! Diese Fledermaus hatte recht! Sein Fehler lag nicht darin, dass er unzufrieden mit sich war, sondern darin zu glauben, dass er die anderen um Erlaubnis bitten musste, um etwas daran zu ändern. Es war ganz gleich, ob die Hirsche und Igel ihn als ihresgleichen wahrnahmen oder nicht. Er musste zu niemandem gehören, um sich seiner selbst sicher zu sein. Es war lächerlich zu denken, dass diejenigen, die ihn aufrichtig liebten, ihn wegen solcher Ideen verschmähten. Nur wer ihn nie geschätzt hatte, würde ihn auslachen und ablehnen. Solche Tiere, die ihn nicht mit all seinen Ecken und Kanten liebten, brauchte er in seinem Leben nicht. Fortan sollte seine Geschichte mit den Worten ›Es gab einmal einen kleinen, glücklichen Fuchs, der aussah wie ein Igel‹ beginnen.«
Sie war bereits nach dem ersten Satz eingeschlafen. M erzählte die Geschichte dennoch zu Ende. Er kannte dieses

Märchen, seit er sieben war. Mal sprach er die Hirsche, mal den Fuchs lauter. Vielleicht ging es gar nicht mehr um das Versprechen. Vielleicht ging es nicht einmal um sie.

Braune Kaninchen

M bog nachdenklich um die nächste Ecke. Es regnete, doch wenigstens waren der Mond und die Sterne am Himmel zu sehen. Er schaute kurz nach oben, um sich zu vergewissern, dass es sie noch gab. M schnappte nach Luft, denn er drohte in Selbstmitleid zu ertrinken. Er dachte an die Eule, an den Fuchs, an seine Lilli. Es fiel ihm schwer einen Schlussstrich zu ziehen. Es fiel ihm schwer, seine Geschichte zu Ende zu erzählen.

Irgendwo gab es Fremde, die aus unterschiedlichsten Gründen litten. Irgendwo gab es sie, die einander liebten, hassten, vermissten, begehrten, vermieden, begegneten und verloren. Sie alle starrten ihn stumm an. Sie winkten ihm zu und riefen ihn wortlos zu sich. Er wusste nicht, wohin. Sie fragten ihn schweigend, ob er Hilfe brauche. Er konnte ihnen keine Antwort geben. M wusste, dass sie da waren, irgendwo da draußen. Wo auch immer das war! Er wusste vieles, doch nicht das, was er wissen wollte. Irgendwann – er war nur noch einige Meter vom hell erleuchteten Wohnhaus seines Bruders entfernt – bemerkte er, dass es gar nicht geregnet hatte. Dafür waren die Straßen viel zu trocken.

Sie waren noch wach, als er ankam. Os öffnete ihm die Tür, noch bevor er geklingelt oder angeklopft hatte. M fragte, ob er eintreten dürfe. Sein Bruder nickte. Sie standen sich im Flur gegenüber. M vergrub die Hände in den Hosentaschen und spielte nervös an seinen Haarspitzen herum.

»Wir haben hier auch eine Toilette. Du brauchst dein Geschäft nicht beim Nachbarn zu erledigen«, wies er M darauf hin, dass seine Abwesenheit nicht unbemerkt geblieben war.

Er fragte sich nicht, ob Os von dem geplatzten Vorstellungsgespräch wusste. Er suchte Amelie.

»Sie sitzt im Wohnzimmer. Wir trinken noch ein Glas Wein zusammen. Willst du dich zu uns setzen?«

M nickte bejahend, obwohl er keinen Wein trank und eigentlich auch überhaupt keine Lust auf die beiden hatte. Er hielt diese ganzen klärenden Gespräche sowieso für grässliche Theatervorführungen, bei denen jeder Schauspieler in seiner Rolle versagte. Er setzte sich trotzdem freiwillig dazu. Es war ja schließlich umsonst. Eine Privatvorstellung von Lilli und Os in »Besorgte Verwandte« wollte er sich nicht entgehen lassen.

Amelie sah ihn an und er rang nach Worten. Sie stellten ihm beide Fragen, erkundigten sich, wo er so lange gewesen war und warum er ein Gespräch mit Alex abgelehnt hatte. Es war ihm unangenehm zwischen ihnen zu stehen, zwischen zwei Mündern, die sich über sein Leben zerrissen, als wäre es das Einzige, wozu jeder im Raum etwas sagen konnte und auch etwas zu sagen hatte. Da waren sie sich einig. Sie liebten sich ja auch.

Du liebst ihn?
Schweigen.
Wirklich?

Stille.
Was ist daran so falsch?
Nichts.

M erzählte ihnen von einem alten Bauernhaus, das er gemeinsam mit Freunden bezogen und renoviert hatte. Er berichtete von vielen Reisen und tollen Bekanntschaften. Lilli durchbohrte ihn mit ihren Blicken. Es war ihm durchaus bewusst, dass sie ihm kein einziges Wort glaubte. Er dachte an diesen einen Kuss, wie so oft, wenn er Lilli ansah. Sie lagen damals auf seinem Bett, und er redete und redete und redete. Er war unglaublich nervös, eigentlich wie immer, wenn sie sich in demselben Raum befanden. Sie hörte ihm zu und schaute ihn interessiert an. Er vermied es ihr in die Augen zu sehen und sprach pausenlos. M erinnerte sich nicht mehr an das Thema seiner Rede, denn als sie ihn nach etlichen leeren Worten unerwartet küsste, vergaß er seinen eigenen Namen. Er fragte sich fortan, ob sie ahnte, was sie mit diesem Kuss angerichtet hatte. Es ging ihm bei diesem Gedanken keinesfalls um Romantik. Gut, vielleicht ein bisschen. Primär beschäftigte M jedoch der Umstand, dass viel zu oft gedankenlos geküsst wurde. Die meisten Menschen nahmen an, dass das Zusammentreffen der Lippen nicht zwangsläufig zur ewigen Bindung verpflichtet, und er stimmte ihnen widerwillig zu. Doch hinterlässt jeder Kuss eine Spur auf den Lippen. Er brennt sich in ihre zarte, wehrlose Haut. Die Lippen mögen sich lösen, die Wunde bleibt ewig und vernarbt nicht. So trug er diese offene Wunde schon sein halbes Leben lang mit sich, und jeder weitere Kuss schmerzte.

Lilli sprach wortlos zu ihm. M wusste genau, was in ihr vorging. Sie fragte nach Gründen. Bestimmt wollte sie wissen, wo er die letzten Jahre wirklich gesteckt hatte und warum er ausgerechnet jetzt aufgekreuzt war. Vielleicht war es ihr auch ein Anliegen, ihn über den Zustand seiner Großmutter in Kenntnis zu setzten. Niemand wusste schließlich, dass er sie all die Zeit besucht hatte und eigentlich sehr wohl über die Umstände informiert war. M geriet ins Stottern, sein Bruder wunderte sich über seine schweigende Ehefrau.

»Hm? Was ist los?«, unterbrach er den unbeholfenen M.

Amelie leerte ihr volles Glas Rotwein mit einem Schluck.

»Hilfst du mir beim Broteschmieren?«, fragte sie ihn.

Immer dieses Essen! Os und M verstanden nicht, wer gemeint war. Der eine sprang vom Sessel auf, der andere öffnete die Tür. Amelie winkte ab und betonte, dass sie nach M's Hilfe verlangte. Betretenes Lachen. Os verabschiedete sich ins Bett, ohne eine Antwort darauf zu erhalten, warum sein Bruder seine Hilfe bei der Jobsuche abgelehnt hatte. So wichtig konnte es ihm nicht sein.

Amelie riss die Packung Toastbrot geräuschvoll auf und knallte eine Scheibe nach der anderen auf den Esstisch. Das fade Licht der Hängelampe berührte ihr helles Haar. Sie suchte nach einem Küchenmesser. M reichte es ihr. Er hatte bereits Scheibenkäse und Butter aus dem Kühlschrank geholt. Er war sich unsicher, was seine Aufgabe anging. Amelie strich mit aggressiven Bewegungen Butter auf die Toasts und bewarf sie regelrecht mit Käse. M nahm ihr das Messer ab, wobei sich ihre Hände berührten. Amelie schaute ihn an, als hätte er ihr soeben eröffnet, er würde heimlich an ihrer getragenen Unterwäsche riechen. Sie schnürte den

Broten mit Alufolie die Luft ab und schmiss sie wütend in eine Brötchenbox.

»Ich dachte, ›Brote schmieren‹ sei ein Codewort für irgendwas Versautes«, versuchte M die Stimmung zu lockern.

Amelie verdrehte die Augen genervt. Manchmal hatte sie keinen Sinn für Humor.

»Was willst du denn von mir? Warum muss ich dabei zusehen, wie du Brote schmierst? Immer stehen wir in dieser verdammten Küche rum!«, verlor M die Nerven.

Sein Verstand meldete sich zu Wort: ›Kumpel, ganz ruhig.‹

›Halt die Klappe!‹, antwortete sein Herz.

»Hast du dich eigentlich schon einmal gefragt, wie es mir geht? Juckt dich nicht, oder? Ich dachte, wir seien beste Freunde! Du hast mir mehr als einmal versprochen, dass du mich nicht verlässt. Ich kann nicht nachvollziehen, warum du jetzt so trotzig und egoistisch bist! Und dann unterstellst du mir auch noch, ich würde dich nicht ernst nehmen und dich bevormunden!«, schrie Lilli.

»Ich unterstelle dir gar nichts! Du redest so einen Quatsch! Ich habe dir nichts versprochen, was ich nicht eingehalten habe. Das weißt du ganz genau!«, entgegnete er.

Lilli rieb sich die Augen und kehrte ihm den Rücken. Er fühlte sich überrumpelt, überfordert. Die Sätze gingen ihm aus.

»Ich finde es eine Frechheit, dass du dich all die Jahre nicht hast blicken lassen. Ich habe dich mehr vermisst, als du dir vorstellen kannst. Es fehlt mir, ziellos mit dir durch die Gegend zu fahren und dort stehen zu bleiben, wo es uns am besten gefällt. Es ist schwer unsere tiefgründigen Gespräche zu vergessen. Ich will das auch gar nicht. Ich will dich nicht vergessen«, schluchzte sie. »Du warst mir so unglaublich wichtig. Manchmal habe ich das Gefühl, dass ich das alles nur geträumt habe, dass es uns nie gegeben hat.«

Auch er kehrte ihr den Rücken. Er trat gegen den Stuhl, aus Mangel an anderen Dingen, die er sonst hätte treten können. Sein Kopf war leer. Sein ganzer Körper fühlte sich leer an, so leicht. Es war keine angenehme Leichtigkeit. Im Gegenteil, es war ein bedrohliches Gefühl, so als ob er sich in Luft auflösen würde. Er dachte plötzlich aus Verzweiflung über seinen Verdruss über Kaninchen nach, über kleine, braune Kaninchen.

»Du hast nichts dazu zu sagen?«, verscheuchte Lillis Stimme die pelzigen Genossen.

»Doch, ich habe einiges dazu zu sagen. Ich will nur nicht, dass du es hörst.«

»Soll ich deine Gedanken lesen oder was?«, zischte sie enttäuscht.

»Vielleicht«, murmelte er bedrückt.[4]

Er begab sich ins Esszimmer, wo auch Os' berühmte Couch stand. Lange lauschte er ihrem Treiben in der Küche. M malte sich aus, wie sie weinte und ihr Leben bereute. Der Gedanke befriedigte ihn nicht. Natürlich nicht! Das Schluchzen, das er zu vernehmen glaubte, war bestimmt nur das Surren des Kühlschrankes.

---

4 Lilli, wenn du es zugelassen hättest, wäre ich nicht von deiner Seite gewichen. Ich habe dir versprochen, dass ich dich nie verlassen werde. Du sagst, ich hätte das Versprechen nicht eingehalten. Das stimmt nicht. Du bist immer noch in mir. Jedes deiner Worte, jede deiner Berührungen. Du bist es, die mich verlassen hat. Und das ist in Ordnung.

Am nächsten Morgen schlich er unbemerkt ins eheliche Schlafzimmer. Amelie und die Kinder frühstückten in der Küche. M wühlte sich durch den Kleiderschrank des Ehepaars. Die linke Hälfte gehörte Amelie. Ihr Parfüm füllte das Zimmer. Er hielt die Luft an und durchsuchte ihre Kleidung. Dabei fand er einen hübschen Faltenrock. Das Teil war verwaschen und passte ihr mit Sicherheit nicht mehr. Es erinnerte ihn an etwas. Warum auch immer sie das Ding noch besaß! Nach einigen Minuten fiel die Schranktür hinter ihm zu und er huschte mit einem schwarzen Kleid, einer kleinen Handtasche und roten Stöckelschuhen ins Bad. Er widmete sich anschließend Lillis Schminkkastchen und ließ Wimperntusche, Rouge, einen Kamm und Lippenstift mitgehen. Er näherte sich mit leisen Schritten dem Kinderzimmer. Dort schnappte er sich eine Sporttasche und packte den ganzen Kram ein. Er verließ das Haus auf Zehenspitzen.

Lady La

»Wo sind meine Assistenten? Auf wen kann ich mich hier eigentlich noch verlassen?«, platzte eine aufgetakelte Dame in Großmutters Zimmer.

Sie knabberte gerade lustlos an einem Zwieback, den sie beiseitelegte. Die Frau, die auf sie zukam, sah schrecklich aus. Sie trug ein viel zu enges, schwarzes Kleid, das nicht mal bis zu den haarigen Knien reichte. Die Nähte waren gerissen und ihre Schminke viel zu dick aufgetragen. Sie konnte nicht in ihren hohen Schuhen laufen. Sie stolperte bis zum Bett.

»Guten Tag. Lady La ist mein Name! Sind Sie meine neue Assistentin?«

Die alte Dame schaute sich verwirrt um.

»Nein, ich glaube nicht. Kann ich Ihnen weiterhelfen?«, antwortete sie.

Lady La wirbelte mit ihrer Handtasche über ihrem Kopf herum. Sie gestikulierte wild, während sie ihre missliche Lage schilderte.

»Hören Sie, ich muss zu einem wichtigen Auftritt. Sie können mich nicht im Stich lassen! Los, stehen Sie gefälligst auf und begleiten Sie mich zur Probe!«, zickte die vermeintliche Diva.

Die Greisin druckste kraftlos, sie kenne ihr Metier nicht und wisse nicht, ob sie ihr helfen könne. Doch so leicht ließ sich die Lady nicht abwimmeln. Sie kramte Make-up aus ihrer Tasche hervor und beschmierte ihre neue Assistentin mit Lip Gloss, Wimperntusche und Rouge. Sie wehrte sich nicht. Sie fragte lediglich wiederholt nach, was die Dame vorhabe und warum ihr Mann sie nie besuchen würde. Lady La erzählte ihr von einer Welttournee, von aufregenden Reisen und exotischem Essen. Sie zupfte das Haar ihrer angeblichen Mitarbeiterin zurecht und versuchte ihren desolaten Zustand krampfhaft zu ignorieren.

»Fertig! Hepp, haken Sie sich bei mir ein! Wir müssen los!«, hetzte Lady La.

Die beiden Frauen wankten aus dem Zimmer. Sie hielten gleich vor einem Aufenthaltsraum, der sich nur zwei Türen weiter befand. Anchal erwartete sie sichtbar genervt. Sie hatte ein Abendkleid über ihre Arbeitskleidung gezogen. Sie prustete, als sie Lady La erblickte.

»Sie sind gefeuert. Man lacht die Lady nicht aus!«, schimpfte diese.

Anchal verschränkte die Arme vor der Brust und murmelte, sie habe nichts gegen die Kündigung einzuwenden. Lady La hielt ihr die Hand vors Gesicht und lachte auf, das sei ja wohl eine Frechheit. Ihre Assistentin fragte mit bebender Stimme, ob sie sich wieder ins Bett legen dürfe. Anchal holte aus, um sie zu stützen, doch Lady La stellte sich schützend vor die alte Dame.

»Hören Sie, Herr Hall...«

»Lady La! Wie oft soll ich Ihnen das denn noch sagen? Ich heiße Lady La!«, unterbrach die Künstlerin Anchal.

»Das ist mir so was von egal, wie Sie sich nennen! Ihre Großmutter gehört ins Bett. Sehen Sie das denn nicht? Es ist unverantwortlich, was Sie hier abziehen. Es ist meine Pflicht, mich um das Wohl der Bewohner zu kümmern! Genug ist genug! Ich habe Ihr Spielchen viel zu lange mit angesehen«, fuhr sie ihn an.

Lady La schaute besorgt zu Großmutter. Sie zitterte am ganzen Leib. Ihre Haut war blass, hell, wie frischer Schnee. Er hielt sie fest, denn sie drohte umzukippen.

Sagt sie.

Sie zog sich nach dem Frühstück in ihrem Schlafzimmer um. Ihr fiel sofort auf, dass jemand ihren Schrank durchsucht hatte. Sie verdächtigte zuerst die Kinder, die beim Versteckenspielen oft hinter den Schranktüren verschwanden. Doch als sie realisierte, dass diese die ganze Zeit mit ihr am Tisch gesessen hatten, wurde ihr mulmig zumute. M kam ihr in den Sinn. Sie überprüfte, ob Schmuck und Geld fehlten. Nun, wo sie es ihm erzählte, schämte sie sich für ihren Verdacht. Die Kinder mussten zum Sport. Sie hatte keine Zeit sich zu sorgen. Das kümmerte ihren Verstand nicht. Dieser piesackte sie mit schrecklichen Mutmaßungen über M's Verbleib. Sie stand einen Augenblick nachdenklich im Zimmer, fasste dann aber bestimmt den Entschluss, schleunigst die Sporttaschen der Kinder zu packen.

Kurze Zeit später unterstellte sie ihren Söhnen, die Tasche versteckt zu haben, weil er keine Lust auf Fußball habe. Der Kleine brach sofort in Tränen aus, beteuerte, er habe nichts angestellt und Mama sei böse. Sie versprach ihm ein neues Spielzeug, um dem grauenhaften Gejaule ein schnelles Ende zu bereiten. In dem Moment, meinte sie, habe sie ein Gefühl der Angst heimgesucht. Sie erklärte ihren Söhnen, dass ihre Mutter zu tun habe und sie so lange bei der Nachbarin auf sie warten müssten. Sie ahnte Böses. Später vertraute sie M an, dass sie in dem Moment zu verstehen glaubte, dass er sie für immer verlassen habe. Sie malte sich aus, wie er sich den Strick um den Hals legte. Davor fürchtete sie sich. Sie gestand ihm, dass sie seinen Tod zu keiner Zeit verkraften würde. Aufgelöst fuhr sie zu ihrem Ehemann in die Galerie. Während der Fahrt versank sie in Gedanken an ihre Jugend.

> *Erinnerst du dich noch an die Nacht, in der ich unbedingt durch den Schnee stapfen wollte, trotz Minustemperaturen und Glatteis? Wir sind zu einer abgebrannten Hütte gelaufen, deren Überreste von einer dicken Schneeschicht bedeckt waren. Ich weiß noch, dass ich fürchterliche Angst hatte, es könnte dort spuken. Du hast uns später abgefüllten Glühwein gekocht, der schon über ein Jahr abgelaufen war. Komisch, dass der trotzdem gut geschmeckt hat!*

Lady La

»Wir können die Probe gerne in das Zimmer der Dame verlegen«, schlug Lady La vor.

Anchal schubste sie zur Seite und griff Großmutter unter die Arme. Sie überhörte den Vorschlag der Künstlerin und entfernte sich von ihr, ohne die Tür zum Gemeinschaftsraum abzuschließen.

»Ich rede mit Ihnen! Sie können doch nicht meine Show ruinieren!«, rief sie ihr hinterher.

Großmutter drehte sich nach ihr um, die Altenpflegerin nicht. Sie wollte weiterlaufen, doch die alte Dame sträubte sich dagegen. Sie lächelte Lady La an und fragte, um welchen Auftritt es sich denn handele.

»Ach, das wissen Sie nicht? Sie sind doch meine Assistentin! Sie sollten auf dem Schirm haben, was ansteht«, regte diese sich auf.

»Ich kann mich doch an nichts erinnern, lieber Herr. Ich kenne Sie nicht. Woher soll ich denn bitte wissen, was Sie vorhaben?«

»*Herr?* Sie halten mich ernsthaft für einen Mann? Was ist los mit Ihnen?«

Die Altenpflegerin streckte ihren freien Arm derweil nach einem Rollstuhl aus und zog diesen heran. Sie bat die Dame darauf Platz zu nehmen und drehte sich empört zu Lady La um.

»Halten Sie den Mund! Sie verwirren Ihre Großmutter nur noch mehr!«, schimpfte sie.

»Aber wer ist dieser Mann? Was will er denn?«, hörte M seine Großmutter leise fragen.

Er blieb alleine im Flur zurück und sah mit an, wie seine Vergangenheit davongetragen wurde. Er versuchte zu lächeln, weil er ungern weinte. Lady La zog ihre unbequemen Schuhe aus und schmiss sie gegen die nächste, geschlossene Tür. M bewegte sich wie in Trance auf das Zimmer seiner Großmutter zu, bereit sie zu entführen oder der Altenpflegerin irgendwas anzutun, notfalls auch beides. Er klopfte nicht an.

»Sie schon wieder? Jetzt hören Sie mir gut zu, junger Mann: Sie verlassen augenblicklich dieses Pflegeheim, sonst rufe ich die Polizei!«, schob die kräftige Pflegerin ihn aus dem Raum.

M war nicht auf ihren Angriff vorbereitet und ließ den Rauswurf geschehen. Sie war größer und breiter als er. Er wollte sich nicht mit ihr anlegen. M fragte sich, ob sie Freunde hatte, ob jemand sie liebte. Viel wichtiger erschien ihm jedoch die Frage, ob sie jemanden liebte. M war felsenfest davon überzeugt, dass Liebende sich erkannten. Sie verrieten sich durch das Glitzern in ihren Augen und durch ihre wunden Lippen. Sie vertrauten sich einander an, um ihr gemeinsames Geheimnis zu bewahren. Liebe war nichts anderes als ein Geheimnis. M hielt jeden Versuch, Liebe zu erklären, für überflüssig und unangemessen. Er wusste nicht, warum er liebte. Die Wahrheit ist, dass er es nicht einmal wissen wollte. Liebte sie, so konnte sie den Rauswurf unmöglich ernst meinen.

»Ihr Tatendrang und Ihre Fantasie in allen Ehren, aber so kann es nicht weitergehen. Der gesundheitliche Zustand Ihrer Großmutter verschlechtert sich zusehends. Ihre skurrilen Auftritte verwirren sie. Sie braucht Ruhe. Sie müssen Verständnis dafür aufbringen, dass ich Ihre Besuche nicht weiter dulden kann«, redete die Altenpflegerin auf ihn ein.

»Erlauben Sie mir das Zimmer zu betreten, bitte? Ich werde mich auf einen Stuhl setzen und sie anschauen, nichts weiter. Ich möchte bei ihr sein, das können Sie mir nicht verübeln, nicht nachdem Sie mir gesagt haben, dass sich ihr Zustand verschlechtert«, entgegnete er erschöpft.

Er dachte gar nicht erst daran, das Heim zu verlassen. Was bildete sich diese Frau eigentlich ein? Es war eine Unverschämtheit, dass sie ihm den Zutritt verwehrte. Das musste der Leitung gemeldet werden! Andere Bewohner des Hauses empfingen nie Besuch, doch darüber regte sich niemand auf. Die Altenpflegerin schnaufte und schüttelte verdrossen den Kopf.

»Setzen Sie sich eine halbe Stunde zu ihr. Ich bitte Sie, missbrauchen Sie mein Vertrauen nicht! Sie sollten längst auf dem Weg nach Hause sein, doch ich bringe es nicht übers Herz Sie rauszuschmeißen. Wissen Sie, ich hatte nie das Glück, mich von meiner Großmutter zu verabschieden. Ihr Tod kam unerwartet«, erzählte sie ihm.

M hörte ihr nicht zu, was ihn nicht daran hinderte ihre Worte wahrzunehmen. Er nickte und bemühte sich um einen mitfühlenden Gesichtsausdruck. Sie umarmte ihn kurz, bevor sie ihm die Tür öffnete.

»Ich hole Sie in einer halben Stunde ab«, verkündete sie und widmete sich endlich anderen Menschen.

Sagt sie.

Sie fiel Os in die Arme, während er sich von seinem dunklen Ledersessel erhob. Neben seinem antiken Schreibtisch stand ein junger Mann, unter dessen linkem Arm eine schwarze Ledermappe klemmte. Seine Stoffhose hing schlaff an seinen schmalen Beinen, seine ungepflegten Haarspitzen berührten seine Schultern. Er reichte Amelie zur Begrüßung die Hand. Sie überging die Geste, woraufhin Os ihr seinen Kunden vorstellte.

»Kann ich dich unter vier Augen sprechen?«, lehnte Amelie jedes Gespräch mit dem Künstler ab.

Der junge Mann schaute verlegen zu Os. Dieser bat seine Ehefrau sich einen Moment zu gedulden und versuchte die angespannte Situation mit einem Lächeln zu entschärfen.

»Es ist dringend. Ich muss mit dir reden. Können Sie nicht später wiederkommen? Oder vor der Tür auf meinen Mann warten?«, wandte Amelie sich an den Künstler.

Dieser entschuldigte sich für die Störung und bewegte sich auf die Tür zu, doch Os pfiff ihn zurück. Das tat er immer. Er dachte, das wirke sympathisch. Sein Gegenüber lachte genervt auf und warf ihm ein unprofessionelles Verhalten vor. Os versicherte ihm, dass er Interesse an seinen Werken habe und sie sich gerne gleich über weitere Details unterhalten könnten. Der Künstler steckte ihm seine

Visitenkarte zu und meinte, er könne sich bei ihm melden, wenn seine Frau sich beruhigt habe.

»Was ist in dich gefahren? Du kannst doch nicht hier reinplatzen und meinen Kunden vergraulen!«, schrie Os Amelie wütend an.

Er haute dabei mit der geballten Faust auf den Schreibtisch und schmiss seinen Kugelschreiber auf den Parkettboden. Sein Gesicht lief rot an. Amelie ließ sich von seiner Wut nicht einschüchtern. Sie schilderte ihm ihren Verdacht und forderte ihn auf, ihr bei der Suche nach M zu helfen. Doch Os konnte kein Verständnis für ihre Sorgen aufbringen, im Gegenteil.

»Du veranstaltest hier tatsächlich ein solches Theater, um mir mitzuteilen, dass mein Bruder nicht zuhause ist? Hast du nichts Besseres zu tun, als dich um seinen Verbleib zu kümmern? Der kommt zurecht. Er ist kein Kleinkind mehr! Ich kann es nicht fassen, wirklich nicht! Das kann nicht dein Ernst sein!«, fuhr er sie an.

Amelie verließ wortlos die Galerie. Aus der Ferne vernahm sie Os' Stimme. Sie wusste nicht, wo sie nach M suchen sollte. Es fielen ihr viele Orte ein, doch der Weg dorthin war ihr fremd. Sie saß einige Minuten still in ihrem Wagen, drückte jeden Anruf ihres Ehemannes weg und starrte apathisch auf den Beifahrersitz.

> *Guten Tag. Ist Amelie da?*
> *Nein, Amelie ist beim Musikunterricht.*
> *Das stimmt doch gar nicht.*
> *Wie bitte?*

Das ist am Mittwoch. Wir haben heute Samstag.
Du kleiner Schlaumeier! Sie ist in ihrem Zimmer, sie wartet schon auf dich.
Mama! Du bist so peinlich! Hallo, Oskar.
Für dich immer noch Schlaumeier, du hast deine Mutter doch gehört!
Ach, Oskar, Sie sind ein lieber Kerl, genauso wie Ihr kleiner Bruder.

Sie strich mit ihrem Zeigefinger über das kalte Leder. Jemand klopfte gegen die Frontscheibe. Amelie schaute nicht auf. Der Jemand war ein Polizist, der sie darauf hinwies, dass sie im Halteverbot stand. Sie fuhr schweigend davon, in Gedanken versunken und ohne dem Gesetzeshüter Beachtung geschenkt zu haben.

Ich dachte, ich sei deine beste Freundin!
Ja, das bist du auch. Willst du etwa die einzige sein?
Nein, aber ich habe noch nie gehört, dass jemand seine Großmutter als seine beste Freundin bezeichnet.
Siehst du, ich bin einzigartig.
Du bist einfach merkwürdig.
Du bist merkwürdig.
Wir sind merkwürdig.
Lachen.

Amelie fuhr mehrmals durch Rot, und wiederholt rettete nur eine Vollbremsung die Passanten vor dem Tod. Sie war derart unachtsam, dass sie nicht einmal wahrnahm, dass es besser gewesen wäre, das Auto abzustellen und zu Fuß nach M zu suchen. Die Musik im Radio war ihr zu laut. Sie schaltete das Gerät abwechselnd an und aus, wobei sie jedes Mal den Moderator der Nachmittagssendung verfluchte. Er redete über Hühnerzucht. Sie hasste Hühner. Sie wechselte den Sender. Eine nasale, unfassbar nervige Stimme fragte nach ihrem eigenen Namen. Die Sängerin wiederholte: »*What's my name?*«

»Ich weiß nicht, wie du heißt! Ich weiß es nicht, und es ist mir scheißegal, du dumme Kuh!!!«, rastete Amelie aus und würgte den Wagen ab.

Die Autofahrer, die hinter ihr her fuhren, hupten wild drauflos. Sie zeigte ihnen den Mittelfinger und drückte das Gaspedal durch. Amelie beruhigte sich erst wieder, als sie auf einem kalten Felsen Platz genommen hatte und auf eine unbedeutende Ansammlung von Gebäuden hinabsah. Er dachte, dass sie diesen Ort nicht kannte, dass sie nicht ahnte, dass er sich hierhin zurückzog. Er täuschte sich. Sie war ihm nicht oft gefolgt, doch an jenem Abend kam sie nicht umhin es zu tun. Es war ein schöner Abend gewesen, einer, an den man sich gerne erinnert. Doch leider auch einer von denen, bei deren Beschreibung man die Mundwinkel verzieht und sagt: »Es war toll, bis auf die Tatsache, dass ...«

Amelie schloss die Augen und lauschte dem Rauschen des Windes durch das Laub der Baumkronen. Sie dachte an Großmutter, an diese stolze, wunderschöne Dame, die sie jeden Tag mit einem strahlenden Lachen begrüßt hatte, wenn sie M abholte. Dem Zwitschern der Vögel gelang es nicht, Lillis Sorge um Großmutter zu übertönen. Die Ärzte gaben ihr noch wenige Wochen. Es ist faszinierend, wie schnell der Mensch vergisst, um sich dann in Sekundenschnelle wieder all dessen zu entsinnen, was er zu verdrängen sucht. Die Zeit erweist sich plötzlich als überwindbar, als Kassettenband, das sich beliebig vor- und zurückspulen lässt. Die Gegenwart wird zur Schaubühne der Erinnerungen. Man ist gleichzeitig Zuschauer und Schauspieler seiner eigenen Vergangenheit. So ereignete sich in Amelies Gedanken dieser Abend noch einmal. Nur anders, nicht als kohärentes Geschehen. Als solches hatte es damals Sinn für sie ergeben.

Es gibt keine andere Lösung. Wir können uns nicht länger um sie kümmern. Du wirst sehen, sie findet im Pflegeheim bald Anschluss und will da gar nicht mehr weg.
Hört ihr euch eigentlich reden? Wisst ihr überhaupt, um was es hier geht? Sie ist kein klappriger Stuhl, den ihr vor die Tür stellen könnt, in der Hoffnung, dass jemand Interesse an Sperrmüll hat!
Du hast gut reden! Du lässt dich nur blicken, wenn du etwas brauchst. Wir haben keine Zeit, um sie zu pflegen. Es wäre ein Verbrechen, sie in diesem Zustand allein zu lassen!
Ihr seid ignorante Egoisten, wisst ihr das? Du hast mich enttäuscht, Amelie. Ich hätte nie gedacht, dass du mich verlässt.

Es war unsinnig über die Vergangenheit nachzudenken.

Warum liebst du mich nicht, Lilli?
Lilli ...
Lilli?
Ich muss dir etwas gestehen ...

Lilli!
Lilli ...
Du bist ... Nichts. Nein, lass mich. Ich will nicht reden, nein. Lass mich. Sei still! Du bist ... Nichts. Nichts. Nichts. Nichts. Nichts. Nichts.

Amelie fuhr ins Pflegeheim. Nicht, weil sie ihn dort vermutete, sondern um sich zu vergewissern, dass sie nichts verloren hatte. Noch nicht.

Auf Wiedersehen

M hatte ihr vorsichtig aus dem Bett geholfen. Er stützte sie nicht, er trug sie in seinen Armen. Vielleicht war es falsch zu behaupten, dass er ihr vorhin beim Aufstehen behilflich gewesen war. Sie war zu schwach, um sich zu bewegen. Sie hatte auch nicht an einem Zwieback geknabbert. Ohne Hilfe zu essen gelang ihr nicht mehr. Die Wahrheit war, dass es ihr seit Monaten schlecht ging und er wusste, dass der Abschied nahte. Er verdrängte den Gedanken daran nicht. Er lehnte ihn ganz einfach ab. Vielleicht war er gar nicht zurückgekehrt, weil er keine andere Bleibe finden konnte.

Er hatte sie in ihr weißes Bettlaken gepackt, sodass niemand sie unter der weißen Masse vermuten konnte. Es sah so aus, als würde er einen Haufen Schmutzwäsche mit sich rumtragen, dabei bargen seine Arme seinen kostbarsten Schatz. Er hatte zur Sicherheit auch noch das ein oder andere Handtuch aus dem Kleiderschrank hervorgekramt und es um sie gewickelt. Ihre Nase und ihr Mund lagen selbstverständlich frei, sodass sie atmen konnte, solange sie wollte. Sie war federleicht.

Unterwegs zum Park des Heims begegneten ihnen der alte Herr, der sich immer darüber ereiferte, dass die Amerikaner im Anmarsch seien, und die nette Dame, die lächelnd auf den Milchmann wartete. Sie trug tagtäglich Mütze und Schal, die sie vor Jahren selbst gestrickt hatte. Es war eine kleine, rundliche Frau mit roten Bäckchen und aufgeweckten Augen. M kannte ihre Tochter, doch hatte er sie hier noch nie angetroffen. Diese Menschen verfolgten ihn mit ihren fragenden Blicken. Er erzählte nie von ihnen, wie von vielen Dingen, die er erlebte.

Vielleicht hatte er vieles auch ganz anders wiedergegeben, als es sich wirklich ereignet hatte. Vielleicht war ihm Lou damals gar nicht um den Hals gefallen, nachdem sie ihm die Tür geöffnet hatte. Vielleicht hatte er sich erst mal eine Ohrfeige eingefangen, weil sie sehr wohl sauer auf ihn war und ihm seine ständigen Ausreden und fluchtartigen Abgänge keineswegs verzieh.

M trug sie zu einem kleinen Teich, der von hohem Schilf umwachsen war. Er wusste, dass die Bewohner des Heims diesen Ort nicht oft besuchten. Der Boden war rutschig und uneben. Das Pflegepersonal vermied es die Patienten hierhin zu führen, und ohne Aufsicht durfte sowieso niemand das Haus verlassen. M legte sie unter einer der Trauerweiden ab. Er schloss sie in seine Arme, schob den Stoff von ihrem Kopf und küsste ihre kalten Wangen.

Es war still. Alles schwieg. Er spürte ihren Herzschlag an seiner Brust und wünschte sich, dass er nie verstummte.

Es fiel ihm schwer die richtigen Worte zu finden. Es gab sie nicht, nicht jetzt. Er versuchte sie an einer Stelle zu berühren, die ihm lieb war, doch auch dies gelang ihm nicht. Sie lag einfach so da, hilflos und doch stark. Er konnte nicht glauben, dass sie ihm dies antat. Es war herzlos, rücksichtslos.

»Du kannst doch jetzt nicht einfach sterben, Oma!«, flüsterte er ihr ins Ohr.

Er drückte ihren kranken Körper fest an sich und streichelte über ihr Haar, das in der Sonne schimmerte. Sie schlief, obwohl er sie durch das gesamte Pflegeheim bis in den Park geschleppt hatte. Sie waren zusammen alt geworden, doch nicht erwachsen. Er erinnerte sich an all das, was sie miteinander teilten, was sie verband. Es war untertrieben zu behaupten, dass er sie liebte. Sie war wie das eine Puzzlestück, das am Ende fehlt; das Teilchen, das sich unter dem Teppich versteckt oder hinter dem Schrank verschwindet, dessen Wiederfinden einen glücklich stimmt. Sie war dieses Stückchen, nach dem er aufgelöst suchte, wenn er es nicht finden konnte.

Versprich mir, dass du nie aufhörst Märchen zu erzählen!
Das schaffe ich mit links, Oma!
Versprich es mir! Es wird nicht leicht sein, doch schwöre mir, dass du dein Versprechen nicht brechen wirst.
Ich versprech es dir.

Er hörte, wie sie seinen Namen rief, wie sie nachts aus ihrem Bett kroch, um seine Tränen zu trocknen. Der Geruch ihrer Kleidung, der nichts mit dem sterilen Duft des Heims gemein hatte, kam ihm in den Sinn. Er spürte, wie sie seine Hand hielt, wie sie ihm den Pullover über den Kopf zog, wie sie ihm den Rücken kraulte, obwohl ihre Arme schmerzten. M rang vergeblich nach Worten. Er weinte.

Es war still. Alles schwieg. Er spürte ihren Herzschlag an seiner Brust und wünschte sich, dass er nie verstummte.

Sagt sie.

»Wie? Sie haben keine Ahnung, wo sie ist? Wollen Sie mich verarschen?«, verlor Amelie die Nerven.

Sie stand zusammen mit der gutgläubigen Pflegerin im Zimmer der Großmutter. Das Bett war leer. Amelie kochte vor Wut. Sie konnte sich nicht länger zusammenreißen. Das verdutzte Gesicht der Angestellten widerte sie an. Sie war erstaunt darüber, wie dumm ein Mensch aussehen kann! Die Pflegerin piepste per Funk eine Kollegin an, die wiederum das gesamte Personal zusammenrief. Wenig später eilte auch Ekki herbei.

»Was ist passiert?«, wagte er sich als Erster an die aufgeregte Besucherin.

Er erkannte Amelie nicht auf Anhieb. Sie hatten sich nur kurz auf ihrer Hochzeit gesehen, und das auch nur, weil er ihr betrunken zu verstehen gegeben hatte, dass sie einen großen Fehler beging. Nun musterte er Amelie nachdenklich und versuchte besorgt zu wirken.

»Sie, Sie sind doch Ekard!«, schrie Amelie auf.

Sie erinnerte sich nur zu gut an M's Freund. Sie hasste ihn. Doch das war unwichtig, solange er weiterhelfen konnte. Ekki schmunzelte verlegen, als er verstand, wer die Furie war.

»Lilli! Es freut mich dich wiederzusehen«, stammelte er.

»Ich habe keine Zeit für Gelaber. Wo ist Großmutter?«, antwortete sie gereizt.

Das Pflegepersonal war bereits auf der Suche. Nur die Verantwortliche hockte tatenlos auf der Fensterbank.

»Sagen Sie mal, sind Sie eigentlich noch bei Sinnen? Sie gönnen sich hier eine Pause, während alle anderen helfen? So etwas Unfähiges wie Sie habe ich schon lange nicht mehr gesehen! Ich möchte, dass Sie die Direktion verständigen, sofort!«, herrschte Amelie sie an.

Die Pflegerin bewahrte Ruhe. Sie richtete sich langsam auf und bewegte sich mit kleinen Schritten auf das wilde Bündel zu.

»Beruhigen Sie sich, meine Liebe. Wir tun unser Bestes. Sie müssen sich nun leider etwas gedulden. Es dauert eine Weile, bis wir das gesamte Gelände abgesucht haben. Kann ich Ihnen einen Kaffee bringen?«

Amelie schaute Ekki an und schüttelte wortlos den Kopf. Sie drehte sich anschließend zur Pflegerin und schimpfte, sie solle sich ihren Kaffee sonst wohin stecken. Ekki legte seine Hand auf ihre Schulter, um sie zu beruhigen. Doch das regte sie nur noch mehr auf. Sie stürmte aus dem Zimmer und riss jede Tür auf, an der sie im Flur vorbeilief. Ekki rannte ihr hinterher und fing sie nach wenigen Metern ein. Er brachte sie zurück ins verlassene Zimmer.

»Amelie, beruhige dich! Ich verstehe, dass du aufgebracht bist, doch niemand ist schuld daran, dass sie weg ist. Das kommt vor, auch wenn du das nicht hören willst. Ich bin mir sicher, wir finden sie. Lass uns in meinem Büro warten«, besänftigte er sie.

Amelie wehrte sich gegen seine Berührungen und drückte ihn von sich. Sie bat ihn sie in Frieden zu lassen und versicherte ihm, dass sie sich selbst um die Suche nach Großmutter kümmern wolle. Er schlug vor sich mit dem Personal zu unterhalten, in der Hoffnung, dass jemand wusste, wo sie sich gerne aufgehalten hatte, als sie ihr Zimmer noch verlassen durfte. Amelie dachte kurz darüber nach und willigte ein. Die Idee erschien ihr sinnvoll. So erfuhr sie bald, dass Großmutter gerne bis zum Teich spaziert war. Amelie wunderte sich, dass man sie dorthin geführt hatte.

»Schätzen Sie sich glücklich, dass sie Ihnen nicht ins Wasser gefallen ist!«, machte sie ihrem Missmut Luft.

Niemand ging auf ihren Kommentar ein. Alle waren damit beschäftigt sich abzulenken. In der einen Ecke des Raumes zwirbelte eine Dame einen losen Faden an ihrer Schürze; in der anderen Ecke musterte ein junger Mann sehr konzentriert seine Fingernägel.

»Schämen Sie sich! Wie können Sie so ruhig bleiben, wenn das Leben eines Menschen auf dem Spiel steht?«, wies Amelie sie aufgebracht zurecht und verließ das Zimmer.

Großmutter irrte mit Sicherheit geistesabwesend im Park herum und suchte verzweifelt nach ihrem Zuhause. Die Zeit drängte! Amelie lief auf den Teich zu. Sie erkannte aus der Ferne zwei Silhouetten und hoffte. Worauf, wusste sie selber nicht so genau. Es war ein sonderbares Gefühl, nicht zu wissen, was man sich erhofft. Natürlich wünschte sie sich die Gesuchte zu finden, jedoch fürchtete sie sich vor ihrem Zustand. M dachte lange Zeit über diese Worte nach, doch auch er konnte ihnen keinen Sinn zuordnen. Was bedeutete es überhaupt zu hoffen?

Flucht

M hörte die Rufe einer weiblichen Stimme. Er verdrängte die Gewissheit, dass es sich um Lilli handelte. Immer wieder drückte er seine feuchte Wange an das Gesicht seiner Großmutter. Sie schlief in seinen Armen. Das Leben war ungerecht, das wussten sie beide. Das spielte keine Rolle mehr. Es spielte nichts mehr eine Rolle. Jede Diskussion schien fehl am Platz. Das Leben selbst erwies sich als unangebracht. M berührte ihre faltige Haut. Er wollte das Gefühl bewahren, bis in alle Ewigkeit. Doch jedes Mal, wenn der Wind sich zwischen seine Finger und sie drängte, spürte er, dass sie dabei war ihn zu verlassen.

Oma, wo gehst du hin?
Ich gehe nur kurz einkaufen, mein Junge. Schlaf noch ein wenig.
Nein, ich will nicht schlafen, wenn du weg bist!
Kind, es ist noch früh. Ich bringe dir Croissants mit.
Aber du kommst doch wieder, oder?
Ich würde gar nicht erst gehen, wenn ich wüsste, dass ich nicht wiederkomme.
Küsse.

»Hallo? Frau Hallenstein?«
M legte Großmutter sanft auf dem weichen Boden ab. Er bedauerte, dass er sie zurücklassen musste. Das wäre nicht

nötig gewesen, wenn Amelie sich ihnen nicht genähert hätte. M war wütend. Nein, er wusste immer noch nicht, wieso. Er wusste nur, dass er es war, und das reichte ihm. Es gingen ihm viele Gedanken durch den Kopf, als er sie zum letzten Mal ansah. M sprach zu ihr, ohne ein Wort zu sagen. Dabei begegnete ihm jemand, den er schon seit Ewigkeiten suchte. Vielleicht ging es sehr wohl um das Versprechen, nur hatte er dieses falsch interpretiert.

M lief davon, so schnell er konnte. Er kämpfte sich mit Mühe durch das Schilf, blieb mit seinem Kleidchen an jedem noch so schwachen Ast hängen und fiel mehrmals hin. Gehen erwies sich als besonders schwer.

»Hilfe! Ich brauche dringend Hilfe!«, hörte er Lilli schreien.

Seine Haut war aufgeschürft, er blutete, doch er hatte keine Zeit, über seine Wunden zu lamentieren. Er hatte keine Zeit, stehen zu bleiben. Er hatte keine Zeit. Er hatte einfach keine Zeit dafür. Er hatte keine Zeit, nachzudenken und zu verstehen. Er hatte keine Zeit zu verlieren.

Hintertüren

Es wunderte M nicht, dass die Eingangstür verschlossen war. Er stand in seinem zerfetzten Fummel vor dem Haus seines Bruders. M ärgerte sich darüber, dass er keinen Schlüssel besaß, und fragte sich, warum er nach keinem verlangt hatte. Sie waren schließlich beide in den Räumen aufgewachsen.

»Du bist so ein Trottel!«, beschimpfte er sich selbst. »Das kann doch nicht wahr sein! Es wird hart aus der Nummer rauszukommen.«

Er schlich wie ein Verbrecher um das Gebäude herum, in der Hoffnung, ein offenes Fenster zu finden oder eine andere Möglichkeit, um sich Eintritt zu verschaffen. Es war zu erwarten, dass Amelie nichts dem Zufall überließ und die Türen doppelt und dreifach abschloss. Zu allem Übel juckten seine Augen wie verrückt. M vertrug offenbar keine Wimperntusche, was ihm neu war. Seine Füße waren rot und angeschwollen. Stöckelschuhe und Schminke bekamen ihm wohl nicht! Er betrachtete sein Spiegelbild in einer der zahlreichen Fensterscheiben. Verrückt, wie er aussah! Er setzte sich auf den Stufen zum Kellereingang nieder. Im Sitzen wirkten seine Sorgen noch viel bedeutender, als sie es ohnehin schon waren. Die letzten Sonnenstrahlen suchten sein Antlitz. Er erschrak, als sie ihn trafen und ihm bewusst wurde, wie lange er stumm hier gesessen hatte. Der Tag neigte sich dem Ende zu, wo M sich doch sehnlichst einen Anfang herbeiwünschte.

»Du? Wo warst du den ganzen Tag? Ich habe versucht dich zu erreichen!«, forderte Amelie überraschend eine Erklärung.

M zuckte zusammen. Er hatte sie nicht kommen hören. Ihm blieb nur noch die Flucht in den Garten, wo er sich hinter einem Gebüsch versteckte. Das Gestrüpp, hinter dem er regungslos kauerte, war ein wenig höher als ein ausgewachsener Labradorrüde. Sein nacktes Hinterteil berührte das kalte Gras. Man kann sagen, dass die Situation durchaus unangenehm war. M versuchte sich auf dem Boden zusammenzurollen, damit der kleine Busch ihn verdecke. Dabei erblickte er einen riesigen, dichten Tannenbaum, der seiner Statur eher gerecht geworden wäre. Doch wie so oft hatte er sich voreilig für die erstbeste Lösung entschieden. Es gab nun keinen Ausweg mehr.

Amelie, die ihm rasch gefolgt war, fiel über ihn her. M hielt sich die Hände vors Gesicht, um die Schminke vor ihr zu verheimlichen. Lilli zerrte an seinen Armen und suchte den Blickkontakt. Er wehrte sich. Bald lag sie auf ihm und stützte sich mit beiden Händen auf seinem Brustkorb ab. Mit verdeckter Nase und verdecktem Mund ließ es sich nur schwer atmen. M schnaufte.

»Wo warst du? Antworte mir!«, brüllte Amelie lauthals.

Weitere Worte drangen nur undeutlich zu ihm. Er versuchte verzweifelt sie abzuwerfen, ohne sie dabei zu verletzen. Es wunderte ihn übrigens nicht, dass sie ihm auch körperlich überlegen war. Lilli hatte jahrelang Kampfsport getrieben und sich auch sonst nie vor wilden Rangeleien gescheut.

Was kannst du eigentlich? Nichts, oder?
Woher soll ich denn wissen, wie man so eine bescheuerte Holzhütte baut?
Das weiß doch jedes Kind!
Ich bin aber nicht jedes Kind, du Zicke!
Zicke? Rate mal, wer nicht in meinem Baumhaus spielen darf!
Pff! Ich wollte da eh nicht rein. Das bricht sowieso zusammen.

Es brach nicht zusammen. Doch Lilli verbot ihm tatsächlich jahrelang das Baumhaus zu betreten. Sie war ein Dickschädel, und das war auch gut so. Aus diesem Grund hatte er gar nicht erst versucht ihr die Beziehung zu seinem Bruder auszureden. Vielleicht lag das aber auch an anderen Gründen, über die er ungern sprach.

»Ich rede mit dir!«, fuhr sie ihn wutentbrannt an.

M warf sie zur Seite und hechelte lautstark. Sie raffte sich umgehend auf und bewarf ihn mit ihrem Schuh. Dieser traf ihn am Hinterkopf. Wenige Sekunden später prallte der zweite Schuh von seinem Rücken ab.

»Sag mal, tickst du noch richtig? Du kannst mich doch nicht einfach mit deinen Schuhen bewerfen!«, regte sich M verstört auf.

»Eine andere Sprache verstehst du ja offenbar nicht, du Idiot!«, konterte Amelie.

Sie erzählte ihm, was er sowieso schon wusste. Während sie redete, musterte sie ihn aufmerksam. Ihr Kommentar zu seiner Kleidung, beziehungsweise zu dem, was davon übrig geblieben war, ließ nicht lange auf sich warten.

»Wie siehst du überhaupt aus? Arbeitest du zufällig als Zombie-Travestiekünstlerin?«

»Findest du das lustig, ja?«

»Lache ich?«

»Du kannst dir deine dummen Sprüche sparen, weißt du?«

»Das Teil kommt mir irgendwie bekannt vor. Du trägst nicht ernsthaft eins meiner Kleider?«

»Das geht dich gar nichts an!«

»Das geht mich sehr wohl etwas an! Nimm deine Hände aus dem Gesicht! Bist du etwa auch noch geschminkt?«

Im Affekt gestikulierte er wild mit Armen und Händen. Sie hatte freie Sicht auf Rouge und Lippenstift.

»Was passiert hier eigentlich grad? Es kommt mir vor, als würde ich träumen!«, lachte sie verzweifelt auf.

M verstummte. Was er dazu sagen sollte, war ihm unklar. Er wünschte sich nicht zum ersten Mal, dass die Gegenwart bloß ein Traum war, aus dem er früher oder später erwachen würde. Amelie entfernte sich entgeistert von ihm und spazierte ziellos im überschaubaren Garten herum. Gelegentlich schaute sie ihn bestürzt an und wischte sich dabei nachdrücklich die Tränen aus den Augen. Es war dunkel, doch das Mondlicht genügte, um sie zu erkennen. Eigentlich brauchte er kein Licht, um jede noch so unauffällige ihrer Gesten bis ins kleinste Detail zu beschreiben.

»Was stimmt mit dir nicht?«

Er erzählte ihr einiges, doch das machte alles keinen Sinn. Sie konnte ihn nicht hören, weil er viel zu leise sprach. M lehnte am Tannenbaum und starrte gedankenverloren

in die Nacht. Sonderbar, wie gleichgültig ihm alles erschien. Sie ging? Egal. Sie war enttäuscht? Egal. Er war verwirrt? Egal.
»Ich lass die Hintertür offen«, wisperte Lilli.
Er griff nach ihrer Hand, vielleicht aber auch nur ins Leere.
»Lilli ...«, bebte seine Stimme.
»Auch für dich: Amelie.«
Es war ihm egal, was sie sagte. Nicht, weil es ihn nicht interessierte oder weil er ihre Worte nicht ernst nahm. Es berührte ihn so sehr, dass ihm die Gefühle ausgingen und nur noch Raum für Stille blieb. Er wusste nicht, ob er wütend war oder einfach nur erschöpft. Müde vom Leben, müde vom Reden. Besonders Letzteres erschien ihm derart unsinnig, dass er jeden Stummen beneidete und sich dafür schämte. Etwas Bestimmbares zu empfinden kam ihm deplatziert vor. Jedes Gefühl wäre nur ein armseliger Abklatsch seiner tiefen Verwunderung über das Leben gewesen. Es fiel ihm nicht leicht zu denken, zu atmen, zu stehen. Es war nicht außergewöhnlich, was ihm widerfuhr, und doch einmalig. Abschied zu nehmen erwies sich als undenkbar. Er sehnte sich nach einem fremden, vertrauten Gefühl. Immer wieder suchte er nach Erinnerungen, nach Stimmen und Gerüchen. Er fand sie, obschon er lange nach ihnen schreien musste. Die Gewissheit, dass sie nur noch Ruinen waren und er nicht die Kraft besaß, sie vollends zu rekonstruieren, betrübte ihn seit Jahren. Nein, er war nicht der Einzige, der die Vergänglichkeit verdammte, und eigentlich tat er das ja auch gar nicht. Es hatte schon alles seine Richtigkeit, und es war nicht verkehrt, dass es Ende und Anfang

gab. Selbst, wenn er es verabscheute beides zu definieren. Es ist doch paradox von einem Beginn zu sprechen, wenn der immer einen Abgang birgt, und umgekehrt. Alles verläuft in Endlosschleife, bis es verstummt. Ihn störte es, wie egal einem das sein musste, um nicht verrückt zu werden. Plötzlich zweifelte er daran, ob er das nicht längst schon war. Vielleicht war es ihm nämlich nicht egal, was sie sagte.

Leere

Os kam erst spät nach Hause. Er war bei ihr gewesen. Sie drückten sich und saßen lange schweigend beisammen. Os vergrub den Kopf in seinen Händen und fing an bitterlich zu weinen. Lilli und M waren still. Irgendwann schaltete jemand das Licht aus. Sie warteten in ihren Betten. Aufgeregt, obwohl sie sich nicht darauf freuten. Traurig, trotz all der schönen Jahre. Schlafend, mit offenen Augen. Hoffend, ohne zu wissen, worauf. Es verstrichen Stunden, Tage, vielleicht auch eine Woche. M hatte sein Zeitgefühl verloren.

Irgendwann klingelte das Telefon. Es klingelte lange und laut, viel zu laut für die Uhrzeit. Doch zu keiner anderen Zeit hätte ihn dieses Geräusch weniger bestürzt. Später wünschte er sich, es sei nie verstummt. Vielleicht wäre es nicht passiert, wenn er den Hörer nicht abgenommen hätte. Er hasste es zu telefonieren.

Versprechen

Du kannst dir gar nicht vorstellen, wie viele Menschen da waren, Oma. Ekki, der Hausmeister, hat mich morgens abgeholt. Das ist mein bester Freund. Ich habe ihn vor vielen Jahren kennengelernt. Wir wissen beide nicht so genau, wo, weil wir an dem Abend sehr betrunken waren. Ich habe meinen Alkoholkonsum natürlich mittlerweile im Griff. Es ist ja auch nicht so, dass ich immer sturzbesoffen gewesen wäre, aber ich gebe zu, dass ich meine Grenzen des Öfteren überschritten habe. Doch dabei ist mir Ekki begegnet, der sich ebenfalls mit einem letzten Glas Whiskey ins Abseits geschossen hatte. Das war mir der Leberschaden wert. Spaß, ich weiß natürlich, dass das nicht gesund ist. Die Menge macht's, nicht wahr? Was wollte ich eigentlich grad erzählen? Ach ja, Ekki hat mich abgeholt. Eigentlich wollte ich mit Os fahren, aber im Wagen war kein Platz mehr. Ich sitze nicht gern auf der Rückbank. Jedenfalls sind wir zusammen dahin. Wir waren sogar pünktlich. Ich muss dir ja nicht sagen, dass sich alle darüber gewundert haben, vor allem Onkel Fredi!

Der ist richtig alt geworden. Er humpelt an einem Gehstock rum und hat kein einziges Haar mehr auf dem Kopf. Erinnerst du dich an den Nachmittag im Sommer, an dem ich ihm aus Versehen auf den Fuß getreten bin und er dann vor Schreck mit dem Gesicht in der Grütze gelandet ist? Das war so witzig! Wie er sich aufgeregt hat! Der ist schon verrückt. Als er mich gesehen hat, hat er gleich auf seine Schuhe gezeigt und gemeint, er habe heute noch Schmerzen. Wir haben beide gelacht, dann hat er mich ziemlich lange umarmt, länger als sonst. Seine Neue fand das nervig. Vermutlich wusste sie nicht, wie sie sich derweil beschäftigen sollte. Die kennst du nicht. Sie hat sich den ganzen Tag gescheut zu lächeln. Vielleicht hat sie sich unwohl gefühlt, weil sie niemanden kannte. Die war aber auch ziemlich unfreundlich. Sie hat sich tatsächlich vor versammelten Gästen grün und blau über die Blumen geärgert. Die haben ihr offenbar nicht gefallen. Wüsste Tante Elsa, wie jung diese Frau ist, würde sie Fredi eine Ohrfeige nach der anderen verpassen. Er fühlt sich bestimmt wie einer dieser Sugar-Daddys aus dem Fernsehen. Weißt du, was ein Sugar-Daddy ist? Das sind diese Opas, die sich ein junges Mädel anlachen, um sie mit ihrem Geld zu füttern. Naja, Fredis Neue ist fast siebzig, aber er ist ja auch schon hundert.

Es ist verdammt kalt hier draußen. Natürlich habe ich meinen Mantel im Wagen vergessen. Zum Glück trage ich den dicken Wollpullover, den ich aus einem von Ekkis Umzugskartons gezogen habe. Es wundert mich immer noch, dass seine Freundin und er sich ein Haus gekauft haben. Ich bin nicht erstaunt darüber, dass er eine feste Bindung eingeht. Es verwundert mich nur, dass das für einen Mann wie ihn Glück bedeutet. Manchmal frage ich mich nämlich zum Spaß, wer wohl welche Vorstellung des vermeintlich Unerreichbaren hat. Für meinen besten Freund habe ich mir etwas ganz anderes vorgestellt. Ich habe ihn eher als Elvis verkleidet in einer Kapelle in Las Vegas gesehen. Ekki hat mir im Suff einmal verraten, dass er als Kind Pfarrer werden wollte. Das passt doch irgendwie zusammen.

Übrigens: Dein erster Schwarm war auch da. Darüber habe ich mich sehr gefreut, für dich. Er hat mich nicht gleich erkannt, doch dann hat er mir bereitwillig die Hand gereicht. Ich versteh ja nach wie vor nicht, warum der Mann immer so ernst guckt! Ist der unglücklich oder was? Der sollte sich mal mit Fredis Flamme zusammentun. Stell dir vor, die würden sich den ganzen Tag anschweigen und über alles meckern, was sie glücklich macht! Er hat mir übrigens erzählt, dass er es heute noch bereut, dass er dir damals nicht auf diesen ellenlangen Liebesbrief geantwortet hat. Mit fünfzehn sei man für die große Liebe einfach noch zu jung, hat er gesagt, ohne eine Miene zu verziehen. Er trug eine rote Fliege. Wer hat den denn beraten? So was trägt man doch heute nicht mehr. Ich werde wohl nie verstehen, warum du so verliebt in ihn warst. Gut, er ist ein schlauer Kerl. Hat der nicht sogar promoviert? Spaßbremse. Ich habe mit dem über mein abgebrochenes Studium geredet. Das hat ihn aber nicht interessiert, glaube ich. Er hat sich recht schnell verabschiedet.

Es haben mich auch noch ganz viele andere Menschen gedrückt und gegrüßt, die ich nicht kenne. Ich bin sicher, dass du gewusst hättest, wer die sind. Ich habe mich natürlich bei jedem für den Beistand bedankt. Ich habe sie aber bestimmt angeschaut wie einen dieser Schuhe, die auf der Autobahn rumliegen und bei deren Anblick ich mich jedes Mal frage, wie um Himmels willen die dort gelandet sind!

Nur eine Dame hat sich mir vorgestellt. Sie war offenbar irgendwann deine Vorgesetzte und hat davon berichtet, dass ihr euch während deiner Ausbildung kennen gelernt habt. Sie hielt dich schon immer für ein sehr fleißiges junges Mädchen. Sie ist nicht viel älter als du. Das finde ich nach wie vor etwas merkwürdig. Wie kann es denn sein, dass sie deine Chefin war? Genauso erstaunt war ich darüber, dass du sie nie erwähnt hast. Sie sieht nicht aus wie eine Person, die du mögen könntest. Frau Neu heißt sie. Würden wir nach unserem Aussehen benannt, müsste sie allerdings Frau Stock-im-Hintern heißen. Zum Glück habe ich Os, Lilli und die Kinder entdeckt und konnte mich von ihr verabschieden. Ich glaube, sie hat selten Kontakt zur Außenwelt, so viel, wie die geredet hat. Sie hat sich gar nicht mehr eingekriegt. Weißt du, woran sie mich erinnert hat? An einen kleinen, kläffenden Chihuahua, nach dem man treten will, damit er die Klappe hält! Nicht, dass ich je einen Hund treten würde, natürlich nicht, aber dieses nervtötende Gebelle kann einen schon zur Weißglut treiben! Ungefähr so habe ich mich während des Gespräches mit Stock-im-Hintern gefühlt. So war das. Wir haben übrigens dein Lieblingslied spielen lassen. Das war Os' Idee. Ich glaube, es hat den Leuten gefallen. Es hat sich zumindest niemand beschwert. Ach, eigentlich soll das ja auch keinen Spaß machen, wobei ich nicht verstehe, warum dem so ist. Mir wäre eine Feier lieber als dieses ganze Gequatsche über Gott. Wir waren später noch was essen. Das war phänomenal lecker! Es ist schade, dass du nichts davon probieren konntest. Wir waren bei Leo, dem Fischheini. Der kennt sich aus! Ekki und ich haben uns die Bäuche vollgeschlagen. Lilli hat mich mehrmals blöd angemacht deswegen. Du kannst dir denken, wie egal uns das war. Es gab ein riesiges Buffet mit den unterschiedlichsten Gerichten. Die frittierten Garnelen waren der Hammer, die hätten dir auch geschmeckt. Ich erinnere mich nur zu gut daran, wie du gelegentlich nach dem Rosmarinzweig auf meinem Teller verlangt hast, oder nach dem Rucola-Salat, den es zu meinem Lieblingsgericht aufs Haus gab. Du hattest schon einen recht großen Appetit und eine übertriebene Aversion gegen Essensreste ... Das Buffet hätte dir gut gefallen, davon bin ich überzeugt. Die Einzige, die gefehlt hat, bist du.

Lange stehe ich nun schon vor diesem Gemisch aus Wolken und Wasser und suche nach dem Sinn. Ich bin gleich nach dem Treffen mit unseren alten Bekannten, Freunden und Verwandten ans Meer gefahren. Ekki wollte mich begleiten, doch ich habe seinen Vorschlag abgelehnt. Der ist schon ein netter Kerl.

Ich frage mich, ob Lilli die Kiste schon geöffnet oder sie sofort in den Müll geworfen hat. Hoffentlich ist Letzteres nicht der Fall, denn die Kiste ist nicht nur mit Worten gefüllt. Rund zwanzig Jahre habe ich jeden Cent für ihren Traum gespart. Ich war noch nie pleite, sondern sogar ziemlich reich. Das Geld habe ich nicht ausgegeben. Ich wusste ja, dass Lilli sich nur mit einem Häuschen in Malibu zufriedengeben würde, und dafür sind viele Scheinchen nötig. Von deinem Erbe flossen lediglich drei Euro in die Spardose. Den Rest werde ich spenden. Oder den Kindern geben. Woher hattest du eigentlich so viel Kohle? Egal.

Das Geld, das sich in der Kiste befindet, reicht mit Sicherheit für ein kleines Haus am Strand, wenn auch nicht für eine riesige Villa. So eine besitzt sie mittlerweile ja sowieso schon in der Heimat. Außerdem war damals nicht die Rede von einer Villa gewesen.

Es läuft so vieles verkehrt auf dieser Welt, und doch dreht sie sich immerfort in die rechte Richtung, ohne zum Stehen zu kommen. Das Salzwasser befeuchtet meine Zehen und erinnert mich daran, dass wir alle ein Teil von ihr sind. Und deshalb müssen auch wir weiterziehen, immer weiter, immer weiter. Fragezeichen müssen Punkten weichen. Keine Kommas mehr, denn die Kommaregeln beherrsche ich nicht. Früher habe ich die Antwort auf meine Fragen überall gesucht, nur nicht bei mir. Ich kannte die Fragen ja nicht einmal. Verwirrt über mich, über das Du und das Ich, schreibe ich, so schön ich kann, weil mir nichts anderes bleibt.

Vielleicht war das Haus am Meer nur der Wunsch nach einer unausgesprochenen Liebe, und mein Leben das Märchen, das ich ewig erzählen sollte. Vielleicht bin ich selbst mein größtes Versprechen. Oder wir alle versprechen uns, wenn wir vom Leben reden.

Noch länger bleibe ich am Ufer sitzen. Doch irgendwann fahre ich davon, ohne ihnen zu verraten, wohin, denn mein Ziel ergibt zu viel Sinn.